Ivan Sergeevich Turgenev

Gedichte in Prosa

Ivan Sergeevich Turgenev

Gedichte in Prosa

ISBN/EAN: 9783337356224

Hergestellt in Europa, USA, Kanada, Australien, Japan

Cover: Foto ©Andreas Hilbeck / pixelio.de

Weitere Bücher finden Sie auf **www.hansebooks.com**

Iwan Turgenjeff

Gedichte in Prosa

Übertragen von Th. Commichau

Im Insel-Verlag zu Leipzig

Das Dorf

Der letzte Tag im Juli; auf tausend Werst im Umkreise rings Rußland – der heimatliche Boden. Der ganze Himmel strahlt in einfarbigem Blau; droben ein einzelnes Wölkchen – halb schwimmend, halb zerfließend. Windesstille, brütende Hitze ... die Luft – würzig wie frischgemolkene Milch!

Die Lerchen trillern; die Turteltauben gurren; lautlos gleiten die Schwalben umher; die Pferde schnauben und kauen; die Hunde bellen nicht, stehen da und wedeln friedfertig mit dem Schwanze.

Und nach Rauch riecht es, und nach Gras – und auch nach Teer ein wenig – und ein wenig nach Leder. – Der Hanf auf den Feldern ist schon hoch aufgeschossen und strömt seinen schweren, aber süßen Duft aus.

Eine tiefe, jedoch sanft absteigende Schlucht öffnet sich. An beiden Abhängen mehrere Reihen dickbuschiger, zerborstener Weiden. In der Tiefe der Schlucht rieselt ein Bach; kleine Kiesel auf seinem Grunde blinken wie zitternd durch seine klaren Wellen hindurch. – In der Ferne, am Saume zwischen Erde und Himmel – schimmert der bläuliche Streif eines großen Stromes.

Dem Zuge der Schlucht folgend – hier auf dieser Seite saubere kleine Speicher und Scheunen mit dichtverschlossenen Türen; dort auf jener fünf bis sechs aus Fichtenstämmen gezimmerte Häuschen mit gehobelten Bretterdächern. Auf jedem Dache an hoher Stange ein Starkasten; über jeder Haustür ein aus Blech geschnittenes kleines Rößlein mit flatternder Mähne. Die Fensterscheiben, uneben und blasig, schillern in Regenbogenfarben. Krüge mit Blumensträußen sind auf die Fensterläden gemalt. Vor jedem Häuschen steht säuberlich eine derbe Bank; auf kleinen angeschütteten Erdhaufen liegen Katzen, zu einem Knäuel zusammengerollt, und spitzen die durchsichtigen feinen Ohren; hinter der hohen Türschwelle winkt einladend der kühle, dunkle Hausflur.

Ich liege hart am Rande der Schlucht auf einer ausgebreiteten Pferdedecke; ringsumher lauter Haufen frischgemähten, betäubend duftigen Heues. Die fleißigen Hauswirte haben es vor ihren Hütten auseinandergestreut:

dort mag es noch eine Weile an der Sonne durchtrocknen; dann aber in die Scheuern damit! Wie prächtig wird sichs darauf schlafen lassen!

Kraushaarige Kinderköpfchen lugen aus jedem Haufen hervor; großschopfige Hühner scharren im Heu nach Fliegen und Käferchen; ein junger Hund mit noch hellfarbiger Schnauze wälzt sich in einem Gewirr von Halmen herum.

Blondlockige Burschen in sauberen Gürtelhemden und schwerfälligen, umsäumten Stiefeln hänseln sich mit Scherzworten, die Brust gegen einen unbespannten Wagen gestemmt – und zeigen lachend ihre weißen Zähne.

Aus dem Fenster schaut ein junges Weib mit vollem, rundem Antlitz; sie lacht, halb über die Scherze der Burschen, halb über die in den Heuhaufen sich balgenden Kinder.

Ein anderes junges Weib zieht mit kräftigen Armen einen großen nassen Eimer aus dem Brunnen herauf ... Der Eimer wippt und schaukelt am Seile, so daß langgezogene, blitzende Tropfen an ihm herabgleiten.

Vor mir steht ein greises Hausmütterchen in einem neuen, karierten Leinenrock und neuen Schuhen.

Drei Schnüre dicker, hohler Glasperlen schlingen sich um ihren braunen, faltigen Hals; ihr ergrauter Kopf ist mit einem gelben, rotpunktierten Tuche umwunden, welches tief über ihre trüben Augen herabhängt.

Freundlich aber lächeln diese greisenhaften Augen; ihr ganzes runzliges Antlitz lächelt. Hoch in den Siebzigern muß sie sein, das alte Mütterchen ... aber auch heute noch ist es zu erkennen: eine Schönheit war sie zu ihrer Zeit!

Mit den sonnenverbrannten, auseinandergespreizten Fingern der rechten Hand hält sie mir einen Krug kalter, unabgerahmter Milch hin, die frisch aus dem Keller kommt; der Krug ist außen mit Reif bedeckt, der wie Perlen glitzert. Auf der linken Handfläche reicht mir die Alte eine große Schnitte noch warmen Brotes. – »Iß nur, sei dirs gesegnet, willkommener Gast!«

Mit einem Male kräht der Hahn und schlägt heftig mit den Flügeln; ihm zur Antwort blökt nach einer Weile ein eingesperrtes Kalb.

– »Das nenn ich mir Hafer!« ertönt die Stimme meines Kutschers ...

O diese Genügsamkeit, diese Ruhe, dieser Wohlstand des freien russischen Dorfes! Dieser stille Friede und Segen!

Und da denke ich mir denn so: was soll uns dann noch ein Kreuz auf der Kuppel der Hagia Sophia in Byzanz und all das übrige, um das wir uns so heiß bemühen, wir Stadtmenschen?

Ein Zwiegespräch

> Weder auf der Jungfrau noch
> auf dem Finsteraarhorn war je
> ein menschlicher Fuß.

Die höchsten Gipfel der Alpen ... Eine ganze Kette zerklüfteter Felsenmassen ... Das Herz des Gebirgsstockes. Über den Bergen wölbt sich blaßgrün, glänzend und stumm der Himmel. Strenger, schneidender Frost; harter, flimmernder Schnee; aus dem Schnee hervor ragen rauhe

Zacken vereister, verwitterter Felsblöcke. Zwei Kolosse, zwei Riesen recken sich zu beiden Seiten des Horizontes empor: Jungfrau und Finsteraarhorn. Und die Jungfrau spricht zum Nachbar: »Was gibt es Neues? Du hast freieren Ausblick. Was geht da unten vor?«

Es vergehen einige Jahrhunderte: eine Minute.

Und Finsteraarhorn donnert zur Antwort: »Dichte Wolkenmassen verhüllen die Erde ... Warte!«

Wieder vergehen Jahrtausende: eine Minute.

»Nun, und jetzt?« fragt die Jungfrau.

»Jetzt sehe ich; dort unten ist alles wie ehedem: bunt, kleinlich. Blau die Wasser; schwarz die Wälder; grau die zusammengetragenen Steinhaufen. Um sie herumwimmeln noch immer diese Käferchen, du weißt, die zweifüßigen, denen es bisher noch nie gelang, dich und mich zu beflecken.«

»Menschen?«

»Ja; Menschen.«

Jahrtausende gehen dahin: eine Minute.

»Nun, und jetzt?« fragt die Jungfrau.

»Die Zahl der Käferchen scheint abgenommen zu haben,« – grollt das Finsteraarhorn; »klarer ist es da unten geworden, die Wasser haben sich verringert, die Wälder gelichtet.«

Wieder verrannen Jahrtausende: eine Minute.

»Was siehst du jetzt?« spricht die Jungfrau.

»Um uns her, in der Nähe ist es sichtlich reiner geworden,« – erwidert das Finsteraarhorn; »da hinten nur, in der Ferne, in den Tälern sind noch Flecken, und dort bewegt sich noch etwas.«

»Aber jetzt?« fragt die Jungfrau, als weitere tausend Jahre verrauschten – eine Minute.

»Jetzt ist es gut,« – antwortet das Finsteraarhorn; – »rein ist es überall und ganz weiß, wohin man auch blickt ... Überall unser Schnee, nichts wie Schnee und Eis. Erstarrt ist alles. Gut ist es jetzt, ruhig.«

»Gut« – wiederholt die Jungfrau. – »Allein, wir haben jetzt genug geplaudert, Alter. Zeit ist's, einzuschlafen.«

»Es ist Zeit.«

Sie schlafen, die gewaltigen Bergriesen; es schläft der grüne, leuchtende Himmel über der auf ewig verstummten Erde.

Die Alte

Ich ging auf einem weiten Felde, allein.

Plötzlich war es mir, als ob leise, vorsichtige Tritte hinter meinem Rücken vernehmbar würden ... Es folgte mir jemand.

Ich schaute mich um – und gewahrte eine kleine, gebeugte Alte, ganz in graue Lumpen gehüllt. Aus ihnen hervor war nur das Antlitz der Alten sichtbar: ein gelbes, runzliges, scharfnasiges, zahnloses Antlitz. Ich ging auf sie zu ... Sie blieb stehen.

»Wer bist du? Was willst du? Bist du eine Bettlerin? Erwartest du ein Almosen?«

Die Alte gab keine Antwort. Ich beugte mich zu ihr herab und bemerkte, daß ihre beiden Augen mit einem halbdurchsichtigen, weißlichen Überzug oder Häutchen bedeckt waren wie bei gewissen Vögeln: deren Augen werden dadurch vor allzu grellem Licht geschützt.

Bei der Alten aber blieb das Häutchen unbeweglich und ließ die Pupillen nicht hervortreten ... woraus ich schloß, daß sie blind sei.

»Willst du ein Almosen?« – wiederholte ich meine Frage. – »Weshalb folgst du mir?« – Doch die Alte blieb stumm wie zuvor, nur krümmte sie sich ein wenig. Ich wandte mich ab und setzte meinen Weg fort.

Da, wiederum höre ich hinter mir dieselben leisen, gemessenen, gleichsam schleichenden Tritte.

– Wieder dieses Weib! – dachte ich bei mir; – warum verfolgt sie mich denn nur? – Doch gleich kam mir auch der weitere Gedanke: sie wird wahrscheinlich in ihrer Blindheit den Weg verfehlt haben und folgt jetzt dem Schall meiner Schritte, um zusammen mit mir zu menschlichen Wohnungen zu gelangen. Ja ja, so wird's sein.

Allein, nach und nach bemächtigte sich meiner Gedanken eine seltsame Unruhe: nun wollte es mir scheinen, als ob diese Alte mir nicht bloß folge, sondern daß sie mich sogar lenke, mich bald nach rechts, bald nach links stoße, und daß ich ihr willenlos gehorchen müsse.

Dennoch schreite ich weiter ... auf einmal, gerade vor mir auf meinem Wege, etwas Schwarzes, sich Erweiterndes ... wie eine Grube ... »Ein Grab!« durchzuckte es mein Hirn. – Dorthin also stößt sie mich! Hastig wende ich mich um. Wieder vor mir die Alte ... aber jetzt sieht sie! Sie blickt auf mich mit großen, boshaften, unheilkündenden Augen ... mit den Augen eines Raubvogels ... Ich schaue ihr scharf ins

9

Gesicht, in die Augen ... Wieder dieses trübe Häutchen, dieselben leblosen, stumpfen Züge ... Ach! denke ich ... diese Alte – ist mein Schicksal. Jenes Schicksal, dem niemand entrinnen kann. Kein Entrinnen! Kein Entrinnen? – Welch ein Wahnsinn ... Man muß es versuchen. Und ich wende mich seitwärts, einer anderen Richtung zu.

Rasch eile ich vorwärts ... Allein die leisen Tritte rascheln wie früher hinter mir, nahe, ganz nahe ... Und vor mir wieder die dunkle Grube.

Aufs neue wende ich mich nach einer anderen Seite ... Und wiederum dasselbe Rascheln hinter meinem Rücken und vor mir derselbe drohende Fleck.

Und wohin ich mich auch kehre gleich einem gehetzten Hasen ... immer dasselbe, immer dasselbe!

Halt! denke ich, – jetzt will ich sie täuschen! Ich will mich nicht von der Stelle rühren! – und augenblicklich setze ich mich an die Erde.

Die Alte steht hinter mir, nur zwei Schritt entfernt. – Ich höre sie nicht, aber ich fühle es, sie ist da. Und plötzlich sehe ich: der dunkle Fleck dort in der Ferne, er schwimmt, er kriecht gerade auf mich zu! O Gott! Ich schaue rückwärts ... Die Alte hat ihren starren Blick auf mich geheftet – und Grinsen verzerrt ihren zahnlosen Mund ...

– Kein Entrinnen!

Der Hund

Wir zwei sind im Zimmer beisammen: mein Hund und

ich ... Draußen heult wütender Sturm. Mein Hund sitzt dicht vor mir – und schaut mir unverwandt ins Auge. Und auch ich blicke in seine Augen. Es scheint, als müßte er mir etwas sagen wollen. Er ist stumm, er besitzt keine Sprache, er versteht sich selbst nicht – aber ich verstehe ihn wohl.

Ich verstehe, daß in diesem Augenblick in ihm wie in mir ein und dasselbe Gefühl lebt, daß zwischen uns kein Unterschied besteht. Wir sind vollkommen gleich; in jedem von uns beiden glüht und leuchtet das gleiche zitternde Flämmchen.

Der Tod fliegt heran, schwingt seine eisigen, gewaltigen Fittiche ... Es ist zu Ende!

Wer vermöchte dann wohl zu entscheiden, welches Flämmchen in ihm und welches in mir geglüht hat? Nein! nicht Tier und Mensch tauschen diese Blicke ... Es sind zwei gleiche Augenpaare, die aufeinander gerichtet sind. Und in jedem dieser Augenpaare, in dem des Tieres und dem des Menschen – schmiegt sich ein und derselbe Lebenstrieb bebend an den des anderen.

Der Widersacher

Ich hatte einen Kameraden, der beständig mein Widersacher war; zwar nicht im Studium, auch nicht im Amt oder in der Liebe; nur unsere Ansichten waren stets unvereinbar, und jedesmal, wenn wir uns trafen – entspann sich zwischen uns ein endloser Wortstreit. Wir stritten über alles: über Kunst, über Religion, über die Wissenschaft, über das Leben auf Erden und im Jenseits – namentlich über das im Jenseits. Er war ein gläubiger, schwärmerischer Mensch. Einst sagte er zu mir: »Du bespöttelst doch auch alles; sollte ich jedoch vor dir sterben, dann werde ich dir vom Jenseits her erscheinen ... Wir wollen doch sehen, ob du auch dann noch wirst lachen können!« Und wirklich, er starb vor mir, ein Werdender in der Blüte der Jugend; doch Jahre vergingen, und ich vergaß seines Gelübdes – seiner Drohung.

Einst lag ich des Nachts im Bett – und konnte nicht, mochte nicht einmal einschlafen.

Im Zimmer wars nicht finster, aber auch nicht hell; ich begann in das graue Halbdunkel hineinzustarren. Plötzlich erschien es mir, als ob zwischen den beiden Fenstern mein Widersacher stünde – und stumm und traurig mit dem Kopfe nicke, auf und ab.

Ich erschrak nicht – wunderte mich nicht einmal ... vielmehr richtete ich mich ein wenig auf und blickte, auf den Ellenbogen gestützt, nur noch schärfer auf die unerwartete Erscheinung.

Der drüben fuhr fort, mit dem Kopfe zu nicken.

»Was gibts?« begann ich schließlich. »Triumphierst du? oder trauerst du? – Bedeutet dies eine Warnung oder einen Vorwurf?... Oder willst du mir zu verstehen geben, daß du unrecht hattest? oder daß wir beide unrecht hatten? Welches Los ist dir denn geworden? Höllenpein oder Paradieseswonne? So sprich doch wenigstens ein einziges Wort!«

Aber mein Widersacher gab nicht den geringsten Laut von sich – nur wie vorher nickte er bloß immer traurig und still ergeben mit dem Kopfe – auf und ab. Da lachte ich laut auf ... und er verschwand.

Der Bettler

Ich ging die Straße hinunter ... Ein dürftiger, gebrechlicher Greis hielt mich an.

Entzündete, tränende Augen, fahlblaue Lippen, zerfetzte Lumpen, unsaubere Schwären ... O, wie schrecklich hatte die Not dieses unglückliche Geschöpf verunstaltet! Er streckte mir seine gerötete, verschwollene, schmutzige Hand hin ... Er stöhnte, er ächzte um Hilfe.

Ich begann alle meine Taschen zu durchsuchen ... Aber weder Geldbeutel noch Uhr, nicht einmal das Taschentuch war da ... Ich hatte nichts mitgenommen. Der Bettler aber wartete noch immer ... und seine vorgestreckte Hand bebte und zitterte vor Schwäche. Verwirrt und verlegen ergriff ich mit kräftigem Drucke diese schmutzige, zitternde Hand ... »Zürne mir nicht, Bruder; ich habe gar nichts bei mir, mein Bruder.« Der Bettler richtete seine entzündeten Augen auf mich; ein Lächeln kam auf seine fahlen Lippen – und dann drückte auch er meine erkalteten Finger.

»Laß es gut sein, Bruder,« sagte er leise; »auch dafür bin ich dir dankbar. – Auch das ist eine Gabe, mein Bruder.«

Da fühlte ich, daß auch ich von meinem Bruder eine Gabe empfangen hatte.

Erfahren wirst du noch, wie Toren richten ...

Puschkin

»Erfahren wirst du noch, wie Toren richten ...« Immer sprachst du die Wahrheit, großer, vaterländischer Dichter du, auch diesmal hast du wahr gesprochen. »Wie Toren richten und die Menge spottet ...« Wer hätte es nicht an sich selbst erfahren, so dies wie jenes? All dies kann – und muß ertragen werden; wer die Kraft dazu hat – der mag es auch verachten!

Doch es gibt Schläge, die härter und mitten ins Herz treffen ... Ein Mann tat alles, was er vermochte; wirkte in unablässiger, hingebender, ehrlicher Arbeit ... Da wenden sich ehrliche Herzen verächtlich von ihm ab; ehrliche Gesichter flammen auf in Unwillen bei Nennung seines Namens. »Hinweg! Fort mit dir!« schallen ihm ehrliche junge Stimmen entgegen. – »Dich und deine Mühe brauchen wir nicht; du schändest unser Heim – du kennst und du verstehst uns nicht ... Du bist unser Feind!«

Was soll dieser Mann nun tun? Fortfahren soll er im Bemühen, soll nicht versuchen, sich zu rechtfertigen – soll nicht einmal die Hoffnung auf künftige gerechtere Beurteilung nähren.

Einst haben Landleute einen Reisenden verflucht, der ihnen die Kartoffel brachte, den Ersatz des Brotes, die tägliche Nahrung des Armen ... Aus seinen Händen, die er ihnen entgegenstreckte, schlugen sie die kostbare Gabe, warfen sie in den Kot, traten sie mit Füßen.

Jetzt nähren sie sich davon – und kennen nicht einmal den Namen ihres Wohltäters.

Nun, wenn auch! Was soll ihnen sein Name? Auch als Namenloser bewahrt er sie vor dem Hunger.

Wir aber wollen emsig darauf bedacht sein, daß die Frucht unseres Fleißes wahrhaft nützliche Speise sei. Bitter freilich

ist ungerechter Tadel aus dem Munde derer, die man liebt ...
Doch auch dies kann man verwinden ...

»Schlage mich! aber höre mich an!« sprach der athenische
Feldherr zum spartanischen.

»Schlage mich – aber sei gesund und satt!« so sollen w i r
denken.

Ein Zufriedener

Durch eine Straße der Hauptstadt eilt mit munteren
Schritten ein noch junger Mann. – Seine Bewegungen sind
freudig und lebhaft; seine Augen leuchten, Lächeln spielt
um seine Lippen, in frischer Röte strahlt sein freundliches
Antlitz ... Er ist ganz Zufriedenheit und Freude.

Was ist mit ihm vorgegangen? Hat er eine Erbschaft
gemacht? Wurde er im Amte befördert? Eilt er zu einem
zärtlichen Schäferstündchen? Vielleicht hat er auch bloß –
gut gefrühstückt, – und das Gefühl der Gesundheit, der
vollen Kraft schwellt alle seine Glieder! Man wird doch nicht
gar seinen Hals mit deinem schönen achteckigen Kreuz
geschmückt haben, o polnischer König Stanislaus!

Nein! Er hat eine Verleumdung gegen einen Bekannten
ersonnen, hat sie eifrig in Umlauf gesetzt, sie, ebendieselbe
Verleumdung, aus dem Munde eines anderen Bekannten
vernommen – und i h r selber Glauben geschenkt.

O, wie zufrieden, ja wie brav ist in diesem Augenblick
dieser liebenswürdige, vielversprechende junge Mann!

Eine Lebensregel

»Wenn Sie mal den Wunsch haben, Ihrem Gegner gehörig mitzuspielen und ihn womöglich zu kränken,« sagte mir einst ein alter Schlaukopf, »dann werfen Sie ihm nur denselben Fehler oder dasselbe Laster vor, dessen Sie sich selber bewußt sind. – Spielen Sie den Entrüsteten ... und tadeln Sie ihn!

»Denn erstens – bringt dies dem anderen die Meinung bei, daß Sie von diesem Laster frei wären.

»Zweitens – darf Ihre Entrüstung sogar eine aufrichtige sein ... Sie können aus den Vorwürfen Ihres eigenen Gewissens Nutzen ziehen.

»Sind Sie beispielsweise ein Renegat – dann werfen Sie Ihrem Gegner vor, er sei ohne jede Überzeugung! Sind Sie selber eine Lakaienseele – dann sagen Sie ihm in vorwurfsvollem Tone, er sei ein Lakai ... ein Lakai der Zivilisation, der Aufklärung, des Sozialismus!«

»Man könnte vielleicht sogar sagen: ein Lakai des Lakaienhasses!« bemerkte ich.

»Selbst dies!« erwiderte prompt der Schlaukopf.

Das Ende der Welt

Ein Traum

Mir träumte, ich befände mich in irgendeinem Winkel

Rußlands, in der Einsamkeit, in einer einfachen Dorfhütte.

Eine geräumige, niedrige, dreifenstrige Stube; die Wände weiß getüncht; aller Hausrat fehlt. Vor der Hütte eine kahle Ebene; in sanfter Neigung breitet sie sich in die Ferne aus; ein grauer, einförmiger Himmel hängt darüber wie ein härenes Tuch.

Ich bin nicht allein; etwa zehn Menschen sind mit mir in der Stube. Alles einfache Leute, einfach gekleidet; sie gehen in der Stube auf und ab, schweigend, gleichsam schleichend. Jeder weicht dem anderen aus – aber unaufhörlich begegnen sich ihre besorgten Blicke.

Keiner weiß, warum er in dies Haus geraten ist und was die anderen bedeuten. Auf jedem Angesicht lagert Unruhe und Bangigkeit ... alle treten abwechselnd an die Fenster und blicken forschend hinaus, als warteten sie auf etwas von dorther.

Dann wieder gehen sie unausgesetzt auf und ab.

Zwischen ihnen bewegt sich ein kleiner Knabe; von Zeit zu Zeit wimmert er mit dünner eintöniger Stimme: »Väterchen, ich fürchte mich!« – Bei diesem Wimmern wird mir kalt ums Herz – und auch mich beschleicht Furcht ... Wovor? Ich weiß es selbst nicht. Nur dies eine fühle ich: heran kommt und nähert sich ein großes, großes Unheil.

Der Knabe aber wimmert in einem fort. Ach, könnte man doch nur hinaus! Wie dumpf ists hier! Wie beklommen! Wie bedrückend!... Doch nirgends ein Ausweg.

Dieser Himmel da – gerade wie ein Leichentuch. Und kein Windhauch ... Ist denn die Lust erstorben? Plötzlich springt der Knabe ans Fenster und schreit mit derselben kläglichen Stimme: »Seht! seht! die Erde ist versunken!«

17

– »Wie? Versunken!« – Wahrhaftig: vorhin war vor dem Hause eine Ebene – jetzt steht es auf dem Gipfel eines ungeheuren Berges! Der Horizont ist herabgefallen, in die Tiefe gesunken – und dicht vor dem Hause starrt ein fast senkrechter, gähnender, schwarzer Abgrund.

Wir haben uns alle an die Fenster gedrängt ... Der Schrecken erstarrt unsere Herzen zu Eis. – »Dort kommt es ... dort kommt es!« flüstert mein Nachbar.

Richtig: rings um den fernen Erdrand begann es sich zu bewegen, hoben und senkten sich kleine wellige Hügel.

»Das Meer!« durchfuhr es uns alle im selben Augenblick. »Gleich wird es uns alle verschlingen ... Wie kann es bloß so wachsen und in die Höhe steigen? Bis zu diesem Felsgrat?«

Allein es wächst, wächst mit rasender Eile ... Schon sinds nicht mehr einzelne, in der Ferne schwankende Hügel ... Eine einzige geschlossene, ungeheure Woge überflutet den ganzen Horizont.

Sie rast, rast auf uns zu! In eisigem Sturme braust sie heran, ballt sich wie Höllennacht. Alles erbebt ringsum – dort aber, in jener hereinbrechenden Masse – Dröhnen, Donnern, tausendstimmiger, eherner Schrei ...

Ha! Welch ein Brüllen und Heulen! Das ist der Schreckensschrei der Erde ...

Vernichtung ihr! Vernichtung allem!

Noch einmal wimmert der Kleine ... Ich will mich an meine Gefährten klammern – doch schon sind wir alle zerschmettert, begraben, verschlungen, fortgerissen von dieser pechschwarzen, eisigen, donnernden Woge!

Finsternis ... ewige Finsternis!

Nach Atem ringend erwachte ich.

Mascha

Als ich noch vor vielen Jahren in Petersburg lebte, knüpfte
ich jedesmal, wenn ich eine Droschke nehmen mußte, mit
dem Kutscher ein Gespräch an.

Besonders gern unterhielt ich mich mit den
Nachtkutschern, armen Bauern aus der Umgegend, die mit
einem gelbgestrichenen Schlitten und einem ärmlichen
Karrengaul in die Hauptstadt kamen – in der Hoffnung,
dort selber ihren Unterhalt zu finden, wie auch die Abgabe
an ihre Gutsherren erübrigen zu können. Einst nahm ich
wieder mal einen solchen Kutscher ... Ein Bursche von etwa
zwanzig Jahren, hochgewachsen, stämmig, wie aus
Kernholz; mit blauen Augen und frischroten Backen; sein
Haar quoll in blonden Locken unter der tief bis auf die
Augenbrauen herabgezogenen geflickten Mütze hervor. –
Und wie hatte er bloß diesen zerrissenen kleinen Kittel über
seine riesigen Schultern ziehen können!

Indessen, das hübsche, bartlose Gesicht meines Kutschers
schien bekümmert und betrübt.

Ich knüpfte ein Gespräch mit ihm an. Auch aus seiner
Stimme klang Trübsal.

»Nun, Freundchen,« fragte ich ihn, »warum bist du so
traurig? Drückt dich irgendein Kummer?«

Der Bursche zögerte mit der Antwort.

»Freilich, Herr, freilich,« brachte er schließlich heraus.

»Und ein Kummer, wie er nicht größer sein kann. Mein Weib ist gestorben.«

»Du hast sie wohl sehr geliebt ... dein Weib?«

Der Bursche wandte sich nicht zu mir um; er neigte nur ein wenig den Kopf.

»Freilich liebte ich sie, Herr. Acht Monat ists her, aber ich kanns nicht vergessen. Es frißt mir am Herzen ... immerfort! Warum hat sie auch sterben müssen? War doch jung! gesund!... An einem Tage hat die Cholera sie abgewürgt.«

»Sie war dir wohl ein braves Weib?«

»Ach Herr!« seufzte der arme Bursche schwer auf. »Und wie gut haben wir zusammengelebt! Sie ist ohne mich gestorben. Kaum hörte ich es hier, daß man sie gar schon begraben hätte, – da jagte ich augenblicklich zum Dorf, nach Hause. Ich kam an – da wars schon nach Mitternacht. Ich trete in meine Hütte, steh mitten in der Stube still und rufe so ganz leise: 'Mascha! meine Mascha!' Aber nur das Heimchen zirpt. – Da kommt mir das Heulen, ich werfe mich auf die Diele – wie habe ich da mit den Händen auf den Boden gehauen! – 'Du unersättliche Grube!' schrei ich ... 'Sie hast du verschlungen ... dann verschling auch mich!' – Ach Mascha!«

»Mascha!« – setzte er mit plötzlich versagender Stimme hinzu. Und ohne seine groben Zügel loszulassen, wischte er sich mit seinen Fausthandschuhen die Tränen aus den Augen, schüttelte sie ab, zuckte die Achseln – und sprach kein Wort mehr.

Als ich aus dem Schlitten stieg, gab ich ihm eine Kleinigkeit über den Fahrpreis. – Er verbeugte sich tief, indem er mit beiden Händen nach der Mütze griff – und fuhr dann langsam davon über die glatte Schneefläche der menschenleeren Straße, die der graue Nebel des Januarfrostes einhüllte.

Der Dummkopf

Es war einmal ein Dummkopf.

Lange Zeit lebte er in ungestörter Zufriedenheit; doch allmählich drangen Gerüchte zu seinen Ohren, daß er überall für einen hirnlosen Narren gelte.

Das betrübte den Dummkopf, und er begann sorgenvoll darüber nachzugrübeln, wie er wohl diese fatalen Gerüchte aus der Welt schaffen könnte.

Endlich erleuchtete ein glücklicher Gedanke seinen hohlen Kopf ... und ungesäumt ging er daran, ihn in die Tat umzusetzen.

Auf der Straße begegnete ihm ein Bekannter – der über einen namhaften Maler lobend zu sprechen begann ...;

»Aber ich bitte Sie!« rief der Dummkopf. »Diesen Maler hat man ja längst zum alten Eisen geworfen ... Das wissen Sie nicht? – Von Ihnen hätte ich das nicht erwartet ... Sie sind – sehr zurückgeblieben.«

Der Bekannte erschrak – und pflichtete dem Dummkopf sofort bei.

»Da habe ich heute ein herrliches Buch gelesen!« sagte ihm ein anderer Bekannter.

»Aber ich bitte Sie!« rief der Dummkopf. »Schämen Sie sich denn nicht? Dies Buch hat ja nicht den geringsten Wert; alle

Welt macht sich darüber lustig. – Das wissen Sie nicht? – Sie sind – sehr zurückgeblieben.«

Auch dieser Bekannte erschrak – und stimmte dem Dummkopf bei.

»Ein wundervoller Mensch, mein Freund N. N.!« äußerte ein dritter Bekannter zum Dummkopf. »Eine wahrhaft vornehme Natur!«

»Aber ich bitte Sie!« rief der Dummkopf. »N. N. ist ein notorischer Schurke. Seine ganze Verwandtschaft hat er gebrandschatzt. Wer wüßte denn das nicht? – Sie sind – sehr zurückgeblieben!«

Der dritte Bekannte erschrak gleichfalls, schenkte dem Dummkopf Glauben und sagte sich von seinem Freunde los. Und was man auch in Gegenwart des Dummkopfs loben mochte – für alles hatte er die gleiche Antwort.

Höchstens daß er gelegentlich im Tone leisen Vorwurfs hinzufügte: »Glauben Sie denn immer noch an Autoritäten?«

»Gift und Galle ist er!« begannen nun die Bekannten über den Dummkopf zu urteilen. – »Aber welch ein Kopf!« – »Und welche Redegewandtheit!« – setzten andere hinzu. – »O gewiß, er hat Talent!«

Das Ende war, daß der Herausgeber eines Tageblattes dem Dummkopf die Leitung des kritischen Teiles übertrug.

Da fing nun der Dummkopf an, alles und alle zu kritisieren, ohne seine gewohnte Art noch seine bisherigen Ausdrücke irgendwie zu ändern.

Jetzt ist er, der einst Autoritäten befehdete – selbst eine Autorität – und die Jugend beugt sich vor ihm – und fürchtet ihn.

Was sollten sie auch tun, die armen jungen Leutchen? – Es ist ja – im allgemeinen – fatal, sich beugen zu sollen ... indessen, es unterstehe sich nur mal einer und beuge sich nicht – gleich sitzt er im Topf der »Zurückgebliebenen«!

Leicht hats ein Dummkopf unter Hasenfüßen.

Eine Legende des Morgenlandes

Wer kennt nicht in Bagdad den großen Dschaffar, die Sonne des Weltalls?

Einst – vor langen Jahren – da er noch ein Jüngling war, lustwandelte Dschaffar in der Umgebung von Bagdad.

Plötzlich traf ein heiserer Schrei sein Ohr: es rief jemand verzweifelt um Hilfe.

Dschaffar zeichnete sich vor seinen Altersgenossen durch Klugheit und Besonnenheit aus; doch hatte er ein mitleidsvolles Herz – und vertraute auf seine Kraft. Er rannte dem Schrei nach und erblickte einen hinfälligen Greis, der von zwei Räubern gegen die Stadtmauer gedrückt und beraubt wurde.

Dschaffar zückte seinen Säbel und stürzte sich auf die Räuber: einen schlug er nieder, den andern trieb er in die Flucht.

Der befreite Greis fiel seinem Retter zu Füßen und sprach, indem er den Saum seines Mantels küßte: »Tapferer Jüngling, dein Edelmut soll nicht unbelohnt bleiben. Dem Aussehen nach bin ich zwar ein armer Bettler; doch nur dem Aussehen nach. Ich bin kein Mann aus niederem

Stande, – komme morgen in der Frühe auf den großen Bazar; am Springbrunnen werde ich dich erwarten – und dann sollst du dich von der Wahrheit meiner Worte überzeugen.«

Dschaffar dachte bei sich: »Dem Aussehen nach ist dieser Mann ein Bettler, ohne Zweifel; indessen – nichts ist unmöglich. Weshalb sollte ich es nicht versuchen?« und gab zur Antwort: »Gut, mein Vater, ich werde kommen.«

Der Greis blickte ihm ins Auge – und entfernte sich.

Am anderen Morgen, als es eben erst dämmerte, begab sich Dschaffar auf den Bazar. Am Springbrunnen, auf dessen Marmorrand er sich mit den Ellenbogen gestützt hatte, harrte seiner schon der Greis.

Schweigend nahm er Dschaffar bei der Hand und führte ihn in einen kleinen Garten, der rings von hohen Mauern umgeben war.

Mitten im Garten, auf einem grünen Rasenplatz, stand ein Baum von ungewöhnlichem Aussehen.

Er glich einer Zypresse; nur war sein Laub von azurblauer Farbe.

Drei Früchte – drei Äpfel hingen an den schmalen, aufwärtsstrebenden Zweigen: der eine von mittlerer Größe, länglich und milchweiß; der andere groß, rund und feuerrot; der dritte klein, verschrumpft und gelblich.

Leise rauschte der Baum, obwohl es windstill war; zart und klagend klang sein Rauschen, wie der Ton des Glases. Es schien, als fühle er die Nähe Dschaffars. »Jüngling!« – hub der Greis nun an – »pflücke dir nach Belieben eine von diesen Früchten, doch wisse: pflückst du und ißt du die weiße – dann wirst du klüger werden als alle Menschen;

pflückst du und ißt du die rote – dann wirst du so reich wie der Jude Rothschild; pflückst du und ißt du aber die gelbe – dann wirst du allen alten Weibern gefallen. Entscheide dich!... und zaudere nicht. In einer Stunde verwelken die Früchte, und der Baum selber versinkt in den stummen Schoß der Erde!«

Dschaffar senkte sein Haupt und sann nach. – »Wie wähle ich hier am besten?« sprach er halblaut vor sich hin, gleich als ginge er mit sich selbst zu Rate. – »Wer allzu weise wird, könnte des Lebens überdrüssig werden; wer reicher wird als alle Menschen, wird ihrem Neide verfallen; besser, ich pflücke und esse den dritten Apfel, den runzligen!«

Und so tat er auch; der Greis aber lächelte mit seinem zahnlosen Munde und sprach: »O du weisester aller Jünglinge! Du hast das beste Teil erwählt! – Was sollte dir auch der weiße Apfel? Auch so bist du ja klüger als Salomo. – Den roten Apfel brauchst du gleichfalls nicht ... Auch ohne ihn wirst du reich werden. Aber deinen Reichtum wird dir niemand neiden können.«

»Sag an, Alter,« entgegnete Dschaffar sich aufrichtend, »wo wohnt die ehrwürdige Mutter unseres gottgeliebten Kalifen?«

Der Greis verneigte sich bis zur Erde – und wies dem Jüngling den Weg.

Wer kennt nicht in Bagdad die Sonne des Weltalls, den großen, ruhmreichen Dschaffar?

Zwei Vierzeiler

Einst gab es eine Stadt, deren Bewohner in solch leidenschaftlicher Weise der Poesie ergeben waren, daß, wenn einmal einige Wochen verstrichen, ohne daß neue schöne Verse bekannt wurden, sie eine solche Mißernte als ein öffentliches Unglück empfanden.

Dann zogen sie ihre schlechtesten Kleider an, streuten sich Asche aufs Haupt, sammelten sich in Scharen auf den Plätzen und haderten unter bitteren Tränen mit der Muse, weil sie sich von ihnen abgewendet habe.

An einem solchen Trauertage erschien der junge Dichter Junius auf dem Platze, der von einer wehklagenden Volksmenge erfüllt war.

Mit raschen Schritten bestieg er die eigens dazu hergerichtete Kanzel und verkündete durch ein Zeichen, daß er ein Gedicht vorzutragen wünsche.

Sofort schwangen die Liktoren ihre Stäbe. »Ruhe, Aufmerksamkeit!« schrien sie laut – und erwartungsvoll verstummte die Menge.

»Genossen! Freunde!« begann Junius mit tönender, aber etwas unsicherer Stimme:

> »Genossen! Freunde all! Der
> Dichtkunst Gönner ihr!
> Bewundrer alles des, was edel und
> vollendet!
> Laßt euch vom trüben Leid des
> Augenblicks nicht beugen!
> Die frohe Stunde naht ... und
> Dunkel weicht dem Licht.«

Junius hielt inne ... aber als Antwort erscholl von allen Enden des Platzes her Lärmen, Pfeifen und Hohngelächter.

Alle ihm zugewandten Gesichter flammten vor Unwillen, alle Augen blitzten vor Zorn, alle Hände erhoben sich, drohten, ballten sich zu Fäusten!

»Mit solchen Stümpereien dachte er unseren Beifall zu erringen!« schrien zornige Stimmen. »Herunter von der Kanzel mit dem unbeholfenen Reimschmied! Fort mit dem Dummkopf. Faule Äpfel und Eier auf den hohlen Narren! Gebt Steine! Steine her!«

Hals über Kopf flüchtete Junius von der Kanzel ... aber noch war er nicht bis an sein Haus gelangt, als donnerndes Händeklatschen, Beifallsruf und Freudengeschrei an sein Ohr drang.

Von Zweifeln erfaßt, aber voll Sorge, erkannt zu werden – denn es ist gefährlich, ein wütendes Tier zu reizen –, kehrte Junius auf den Platz zurück.

Und was sah er?

Hoch über der Menge, von deren Schultern getragen, stand auf einem flachen goldenen Schilde, in einen purpurnen Mantel gehüllt, einen Lorbeerkranz auf dem wallenden Lockenhaar, sein Nebenbuhler, der junge Dichter Julius ... Rings aber schrie das Volk: »Heil! Heil! Heil dem unsterblichen Julius! In unserer Trübsal, in unserem großen Kummer hat er uns getröstet! Er hat uns mit Versen beschenkt, süßer als Honig, wohlklingender als Zimbelton, würziger als Rosenduft, klarer als Himmelsbläue! Tragt ihn in Jubel einher, salbt sein begnadetes Haupt mit köstlichem Balsam, kühlt seine Stirn durch sanftes Fächeln mit Palmenzweigen, streut zu seinen Füßen alle Wohlgerüche arabischer Myrrhen! Heil!«

Junius näherte sich einem dieser Beifallsrufer. »Sage mir doch, lieber Mitbürger, mit welchen Versen Julius uns beglückt hat! Leider war ich nicht hier auf dem Platze, als er sie vortrug! Wiederhole sie mir doch, wenn du sie behalten hast, tu mir den Gefallen!«

»Wie sollte man – solche Verse nicht im Gedächtnis behalten?« antwortete erregt der Gefragte. »Wofür hältst du mich denn? So höre – und jauchze, jauchze mit uns!

'Der Dichtkunst Gönner ihr!' so begann der göttliche Julius …

> 'Der Dichtkunst Gönner ihr!
>   Genossen! Freunde all!
> Bewundrer alles des, was edel, groß
>   und herrlich!
> Laßt euch vom schweren Harm des
>   Augenblicks nicht trüben!
> Die freudge Stunde naht – und Tag
>   verscheucht die Nacht!'

Herrlich, nicht wahr?«

»Um Himmels willen!« rief Junius aus, »das sind ja doch meine eigenen Verse! – Julius hat sich gewiß unter der Volksmenge befunden, als ich sie vortrug – er hat sie gehört und dann wiederholt, wobei er nur einige Ausdrücke – und keineswegs zum Vorteil – veränderte!«

»Aha! Jetzt erkenne ich dich … du bist Junius,« entgegnete stirnrunzelnd der angesprochene Bürger. »Ein Neidhammel bist du oder ein Dummkopf!… So überlege doch nur dies eine, Unglücklicher! Wie erhaben heißt es bei Julius: 'Und Tag verscheucht die Nacht!' … Bei dir dagegen – so recht abgeschmackt: 'Und Dunkel weicht dem Licht!' – Welches Licht?! Welches Dunkel?!«

»Ja, ist das denn nicht ein und dasselbe?« wagte Junius einzuwenden …

»Ein einziges Wort noch,« unterbrach ihn der Bürger, »und ich rufe das Volk auf ... das dich zerreißen wird!«

Junius schwieg wohlweislich still, indes ein grauhaariger alter Mann, der sein Gespräch mit dem Bürger gehört hatte, auf den niedergeschlagenen Dichter zutrat, ihm die Hand auf die Schulter legte und sprach:

»Junius! Du gabst Selbstgeschaffenes, aber zur Unzeit; der andere gab nicht Selbstgeschaffenes, doch zur rechten Zeit. – Folglich hat er recht – dir aber bleibt der Trost deines reinen Gewissens.«

Doch während das reine Gewissen – so gut und so weit es irgend vermochte ... in Wahrheit jedoch nur sehr schlecht – den Junius tröstete, der sich stumm in einen Winkel gedrückt hatte, schwebte in der Ferne, unter tosendem Beifallsjauchzen, im goldenen Siegesglanz der Sonne, strahlend in Purpur, beschattet vom Lorbeerkranz, von frischem Balsamduft umweht, in feierlicher Langsamkeit, gleich einem Könige, der zur Krönung schreitet, – in gemessener, stolzer Haltung die Gestalt des Julius dahin ... und Reihen langer Palmenzweige hoben und neigten sich vor ihm, gleich als wollten sie mit ihrem stummen Sichaufrichten, ihrem demütigen Sichneigen die beständig sich erneuernde Verehrung ausdrücken, welche die Herzen seiner durch ihn bezauberten Mitbürger erfüllte.

Der Sperling

Auf der Heimkehr von der Jagd durchschritt ich die Gartenallee. Mein Hund lief vor mir her.

Plötzlich hemmte er seinen Lauf und begann zu schleichen, gleich als wittere er vor sich ein Wild.

Ich blickte die Allee hinunter und gewahrte einen jungen Sperling mit gelbgerandetem Schnabel und Flaum auf dem Köpfchen. Er war aus dem Neste gefallen – heftiger Wind schüttelte die Birken der Allee – und hockte unbeweglich, hilflos seine kaum hervorgesprossenen Flügelchen ausstreckend.

Langsam näherte mein Hund sich ihm, als plötzlich, von einem nahen Baume sich herabstürzend, der alte schwarzbrüstige Sperling wie ein Stein gerade vor seine Schnauze zu Boden fiel und völlig zerzaust, verstört, mit verzweifeltem, kläglichem Gezeter mehrmals gegen den scharfgezahnten, geöffneten Rachen lossprang. Er warf sich über sein Junges, um es zu retten, mit dem eigenen Leibe wollte er es schützen ... doch sein ganzer kleiner Körper bebte vor Schrecken, sein Stimmchen klang wild und heiser, Betäubung erfaßte ihn, er opferte sich selbst!

Als welch riesengroßes Untier mußte ihm der Hund erscheinen! Und dennoch hatte er nicht auf seinem hohen, sicheren Aste zu bleiben vermocht ... Eine Macht, stärker als sein Wille, riß ihn von dort herab.

Mein Tresor hielt inne, wich zurück ... Sichtlich begriff auch er diese Macht.

Schnell rief ich meinen verblüfften Hund zurück und entfernte mich, Ehrfurcht im Herzen.

Ja; lächelt nicht darüber. Ehrfurcht empfand ich vor diesem kleinen heldenmütigen Vogel, vor der überströmenden Kraft seiner Liebe.

Die Liebe, dachte ich, ist stärker als der Tod und die Schrecken des Todes. Sie allein, allein die Liebe erhält und bewegt unser Leben.

Die Totenschädel

Ein prachtvoller, glänzend erleuchteter Saal; eine zahlreiche Gesellschaft von Herren und Damen. Ringsum lebensprühende Gesichter und eifrige Gespräche ... Die sprudelnde Unterhaltung dreht sich um eine berühmte Sängerin. Man vergöttert sie, nennt sie unsterblich ... O, wie herrlich hat sie gestern ihren letzten Triller hinausgeschmettert!

Und plötzlich – wie auf den Wink eines Zauberstabes – verschwand von allen Köpfen und allen Gesichtern die zarte Hülle der Haut, und augenblicklich erschienen die Schädel in ihrer Totenblässe, traten Kiefer und Backenknochen in bleigrauer Farbe hervor.

Mit Entsetzen sah ich, wie sich alle diese Kiefer und Backenknochen bewegten und rührten – wie sich diese rundlichen, knöchernen Kugeln, im Scheine der Lampen und Kerzen widerstrahlend, hin und her wendeten – und wie sich in ihnen andere kleinere Kugeln drehten, die ausdruckslosen Augäpfel.

Ich wagte nicht, mein eigenes Antlitz zu berühren, wagte auch nicht, mich im Spiegel zu betrachten.

Die Totenschädel aber drehten sich wie zuvor ... Und mit derselben Lebhaftigkeit, kleine rote Lappen zwischen den fleischlosen Kinnladen geläufig hin und her bewegend, schwatzten die geschäftigen Stimmen davon, wie wunderbar, wie unübertrefflich die unsterbliche ... ja, die unsterbliche Sängerin ihren letzten Triller hinausgeschmettert habe!

Die Tagelöhner und der Weißhändige

Ein Gespräch

Tagelöhner

Was drängst du dich zu uns? Was willst du? Du gehörst nicht zu uns ... Mach, daß du weiterkommst!

Der Weißhändige

Ich gehöre zu euch, Brüder!

Tagelöhner

Das wäre doch! Zu uns! Was fällt dir denn ein? Schau mal auf meine Hände. Siehst du, wie schmutzig die sind? Nach Dünger riechen sie und nach Teer, – deine Hände aber sind weiß. Wonach riechen die denn?

Der Weißhändige (seine Hände hinhaltend)

So rieche doch!

Tagelöhner (sie beriechend)

Was ist denn das? Gerade als röchen sie nach Eisen.

Der Weißhändige

Nach Eisen, so ist es. Volle sechs Jahre trug ich sie in Ketten.

Tagelöhner

Warum denn das?

Der Weißhändige

Darum, weil ich für euer Wohl gearbeitet habe, weil ich euch befreien wollte, euch geplagte, stumpfe Menschen; weil ich auftrat gegen eure Bedrücker, revoltierte ... Da haben sie mich denn gefangengesetzt.

Tagelöhner

Gefangengesetzt? Ja, wer hieß dich denn auch revoltieren?!

– Zwei Jahre später –

Einer derselben Tagelöhner (zum anderen)

Hör mal, Peter ... Du weißt doch noch, wie im vorvorigen Jahr so 'n weißhändiger Kerl mit dir schwatzte?

Zweiter Tagelöhner

Freilich ... na, und?

Erster Tagelöhner

Nun, hängen werden sie ihn heute; so 'n Befehl ist gekommen.

Zweiter Tagelöhner

Hat er denn wieder revoltiert?

Erster Tagelöhner

Wieder revoltiert!

Zweiter Tagelöhner

Na ... Weißt du was, Bruder Dmitry: laß uns zusehen, daß wir den Strick kriegen, mit dem er gehängt wird; so was soll doch 'n mächtiges Glück ins Haus bringen!

Erster Tagelöhner

Hast recht. Wollen doch zusehen, Bruder Peter.

Die Rose

Es war in den letzten Tagen des August ... Der Herbst hatte bereits seinen Einzug gehalten.

Die Sonne ging unter. In plötzlichen, heftigen Güssen, doch ohne Donner und Blitz, war eben ein starker Regenschauer über unsere weite Ebene hinweggezogen. Der Garten vor dem Hause glühte und dampfte, ganz überflutet vom flammenden Abendrot und dem Naß des Regens.

Sie saß am Tisch im Wohnzimmer und blickte in starrem Nachdenken durch die halboffene Tür in den Garten hinaus.

Ich wußte, was damals in ihrer Seele vorging; wußte, daß sie nach einem kurzen, aber schmerzlichen Ringen sich in diesem Augenblick einem Gefühle ergab, das sie nicht länger zu bemeistern imstande war.

Plötzlich erhob sie sich, ging schnell in den Garten hinaus und verschwand.

Es verging eine Stunde ... und noch eine Stunde: sie kam nicht wieder.

Da stand ich auf, trat aus dem Hause und wandte mich nach der Allee, durch welche – wie ich bestimmt voraussetzte – auch sie gegangen war.

Rings war alles in Dunkel gehüllt; die Nacht war schon hereingebrochen. Trotzdem war auf dem feuchten Kieswege, selbst durch den dichten Schleier der Finsternis hindurch noch rötlich schimmernd, ein rundlicher Gegenstand erkennbar.

Ich beugte mich herab. Es war eine junge, kaum aufgeblühte Rose. Noch vor zwei Stunden hatte ich dieselbe Rose an ihrem Busen gesehen.

Behutsam hob ich die in den Schmutz gefallene Blume auf,

kehrte zum Wohnzimmer zurück und legte sie vor ihren Stuhl auf den Tisch.

Endlich kam auch sie zurück – durchmaß mit leichten Schritten das Zimmer und setzte sich an den Tisch. Ihr Antlitz war jetzt blasser, aber auch belebter; unstet, mit einem Anfluge lächelnder Befangenheit, irrten ihre gesenkten, scheinbar verkleinerten Augen umher. Da bemerkte sie die Rose, ergriff sie, betrachtete ihre zerdrückten, beschmutzten Blätter, blickte dann auf mich – und nun, plötzlich innehaltend, erglänzten ihre Augen in Tränen.

»Warum weinen Sie?« fragte ich.

»Um diese Rose da. Sehen Sie doch, was aus ihr geworden ist.«

Da versuchte ich es mit einer leisen Anspielung. »Ihre Tränen werden diese Flecken abwaschen,« bemerkte ich mit vielsagender Betonung.

»Tränen waschen nicht ab, Tränen versengen,« entgegnete sie, wandte sich zum Kamin und warf die Blume in die ersterbende Flamme.

»Feuer versengt noch besser als Tränen,« rief sie mit einer gewissen Entschlossenheit, – und ihre schönen Augen, in denen die Tränen noch schimmerten, strahlten in mutvollem und beglücktem Lächeln.

Da wußte ich, daß auch sie versengt war.

Letztes Wiedersehen

Wir waren einst Freunde, enge, treue Freunde ... Doch es kam ein verhängnisvoller Augenblick – und wir entfremdeten uns, wurden Feinde.

Viele Jahre vergingen ... Da kam ich eines Tages auf der Durchreise in die Stadt, in der er wohnte, und erfuhr, daß er hoffnungslos darniederliege und mich wiederzusehen wünsche.

Ich ging zu ihm, trat in sein Zimmer ... unsere Blicke begegneten sich.

Kaum erkannte ich ihn wieder. Gott! Wie hatte das Leiden ihn entstellt!

Gelb, vertrocknet, mit vollständig kahlem Kopf und dünnem, ergrautem Bart, saß er in bloßem, eigens für ihn gefertigten Hemde da ... Er vermochte den Druck selbst des leichtesten Gewandes nicht mehr zu ertragen. Hastig streckte er mir seine erschreckend hagere, gleichsam abgenagte Hand entgegen und brachte mühsam einige unverständliche Worte hervor – ob es ein Gruß, ob es ein Vorwurf war – wer mag es wissen? Seine entkräftete Brust geriet in krampfhafte Bewegung – und über die verengerten Pupillen seiner entzündeten Augen glitten zwei kümmerliche, leidensschwere Tränenperlen.

Mir blutete das Herz ... Ich setzte mich neben ihn auf einen Stuhl und reichte ihm, während ich unwillkürlich den Blick vor dieser furchtbaren Entstellung senken mußte, auch meinerseits die Hand.

Allein mich überkam das Gefühl, als wäre das nicht seine Hand, die die meine umschlossen hielt.

Mir war, als säße zwischen uns ein hohes, stilles, bleiches Weib. Ein langer Schleier hüllt sie von Kopf bis zu Füßen ein. Ihre tiefliegenden, matten Augen schauen ins Leere, stumm sind ihre bleichen, strengen Lippen.

Dieses Weib schloß unsere Hände zusammen ... Sie versöhnte uns auf immer.

Ja ... der Tod hatte uns versöhnt ...

Ein Besuch

Ich saß am offenen Fenster ... morgens, frühmorgens am ersten Mai.

Noch war die Morgenröte nicht erschienen; aber die dunkle, laue Nacht war schon einer kühleren Dämmerung gewichen.

Noch war kein Nebel aufgestiegen, kein Lüftchen regte sich, alles lag noch in einfarbigem, stummem Schweigen ... aber schon kündete sich das nahe Erwachen an, und in der morgenfrischen Luft schwamm feuchter, stärkender Taugeruch.

Plötzlich flog durch das offene Fenster mit leisem Schwirren und Rauschen ein großer Vogel zu mir ins Zimmer herein.

Ich fuhr zusammen und blickte empor ... Es war kein Vogel, es war eine geflügelte, kleine, weibliche Gestalt, in einem schließenden, langen, schillernden Gewande.

Alles war grau an ihr, mit perlmutterartigem Schimmer; bloß die Innenseite ihrer Flügelchen zeigte den zarten roten Hauch einer erblühenden Rose; ein Kranz von Maiglöckchen umschloß die flatternden Locken ihres rundlichen Köpfchens, und gleich Fühlern eines Schmetterlings wiegten sich zwei Pfauenfedern anmutig auf ihrer lieblichen gewölbten Stirn. Sie flatterte einige Male an der Zimmerdecke umher; ihr winziges Antlitz lächelte; es lächelten auch ihre großen, schwarzen, glänzenden Augen.

Die mutwillige Lebhaftigkeit ihres launenhaften Fluges machte sie funkeln und blitzen gleich Diamanten. In der Hand hielt sie eine langgestielte Steppenblume: »Kaiserzepter« nennt sie das russische Volk, – auch ähnelt sie wirklich einem Zepter.

Und rasch über mich hinfliegend, berührte sie mit dieser Blume mein Haupt.

Ich haschte nach ihr ... Doch schon war sie zum Fenster hinausgeflattert – und fort war sie ...

Im Garten, aus dem Verdeck eines dichten Fliederbusches, rief ihr eine Turteltaube girrend den ersten Frühgruß zu – und in der Ferne, wo sie verschwand, begann der milchweiße Himmel sich langsam zu röten.

Ich erkannte dich, Göttin der Phantasie! Ein Zufall führte dich zu mir – du flogst davon zu den jungen Dichtern.

O Poesie! Jugend! Frauen- und Mädchenschönheit! Nur noch auf Augenblicke erscheint ihr in all eurem Glanze vor meiner Seele – frühmorgens bei Frühlings Erwachen!

Necessitas – Vis – Libertas

Ein Basrelief

Eine lange, knöchrige Greisin mit eisenhartem Antlitz und unbeweglich-stumpfem Blick kommt mit großen Schritten und stößt mit ihrer stockdürren Hand ein anderes Weib vor sich her.

Dies Weib ist von mächtigem Wuchs, kräftig, voll, mit Muskeln gleich einem Herkules, aber einem winzigen Köpfchen auf einem Stiernacken, – ist blind – und stößt ihrerseits ein kleines, schmächtiges Mädchen vor sich hin.

Dies Mädchen allein hat sehende Augen; sie sträubt sich, versucht sich umzuwenden, hebt ihre zarten, schönen Hände empor; ihr lebensvolles Antlitz hat den Ausdruck der Ungeduld und Entschlossenheit ... Sie möchte nicht willenlos gehorchen, nicht dahin gehen, wohin sie gestoßen wird ... und dennoch muß sie sich unterwerfen und gehen.

Necessitas – Vis – Libertas.

Wer Lust hat – mag es übersetzen.

Das Almosen

In der Nähe einer großen Stadt, auf dem breiten Fahrwege, ging ein alter, kranker Mann.

Schwankend war sein Schritt; unsicher, schleppend und stolpernd tappten seine abgemagerten Füße nur schwerfällig und matt vorwärts, als ob sie einem fremden Willen gehorchten. Sein Gewand hing in Lumpen um seinen Leib, sein bloßes Haupt fiel auf die Brust herab ... Ihn verließen die Kräfte.

Er setzte sich auf einen Stein am Wege, neigte sich vornüber, stützte sich auf die Ellenbogen, bedeckte mit beiden Händen sein Antlitz, und zwischen seinen gekrümmten Fingern hervor quollen Tränen und tropften in den trockenen grauen Staub.

Er dachte vergangener Zeiten ...

Er erinnerte sich, wie auch er einst gesund und reich gewesen – und wie er dann seine Gesundheit verlor – und seinen Reichtum an andere verschwendete, an gute und schlechte Freunde ... Und nun, nun hatte er nicht einmal ein Stückchen Brot – alle hatten ihn verlassen, die Freunde noch früher als die Feinde ... Sollte er sich nun wirklich so weit erniedrigen müssen, um Almosen zu betteln? Und Bitterkeit zog in sein Herz, und Scham. Seine Tränen aber rannen und rannen und tropften in den grauen Staub.

Mit einem Male hörte er, wie ihn jemand beim Namen rief: er richtete sein müdes Haupt empor – und erblickte vor sich einen Unbekannten.

Es war ein ernstes, würdevolles, aber nicht strenges Antlitz; die Augen nicht strahlend, aber klar; der Blick durchdringend, aber ohne Falsch.

»Du hast deinen Reichtum verschenkt,« ließ sich eine sanfte Stimme vernehmen ... »Gereut es dich nicht, wohltätig gewesen zu sein?«

»Es gereut mich nicht,« antwortete der Greis mit einem Seufzer, »wenn ich auch jetzt freilich Hungers sterbe.«

»Wenn es nun auf der Welt keine Bettler gegeben hätte, welche dir ihre Hände hinstreckten,« fuhr der Unbekannte fort, »wenn niemand der Wohltaten bedürftig gewesen wäre, hättest du dann überhaupt wohltätig sein können?«

Der Greis gab keine Antwort – und verfiel in Nachdenken.

»So sei denn auch du jetzt nicht zu stolz, armer Bettler,« hub der Unbekannte wieder an, »mach dich auf, strecke deine Hand aus, gib auch du jetzt anderen guten Menschen Gelegenheit, durch die Tat zu beweisen, daß sie gut sind.«

Der Greis fuhr auf und blickte umher ... doch der Unbekannte war schon verschwunden; – in der Ferne aber erschien auf dem Wege ein Wandrer.

Der Greis trat auf ihn zu – und streckte seine Hand aus. – Dieser Wandrer aber wandte sich mit mürrischem Blicke ab und gab ihm nichts.

Nach ihm kam aber ein zweiter – und der gab dem Greis ein kleines Almosen.

Und der Greis kaufte sich Brot für den erhaltenen Groschen – und süß schmeckte ihm der erbettelte Bissen – und keine Scham quälte mehr sein Herz – im Gegenteil: eine stille Freudigkeit war über ihn gekommen.

Das Insekt

Mir träumte, wir säßen unserer zwanzig in einem großen Zimmer mit offenen Fenstern.

Unter uns waren Frauen, Kinder und Greise ...

Wir alle unterhielten uns über ganz alltägliche Dinge und sprachen laut durcheinander.

Plötzlich flog ein großes Insekt von etwa zwei Zoll Länge mit scharfem Summen ins Zimmer ... flog herein, zog im

Kreise umher und setzte sich dann an die Wand.

Es glich einer Fliege oder Wespe. – Der Leib war von schmutzigbrauner Farbe, ebenso die flachen harten Flügel; die gespreizten Füßchen borstig und der Kopf eckig und groß wie bei einer Libelle; und dieser Kopf und diese Füßchen – waren leuchtend rot wie Blut.

Dieses seltsame Insekt drehte fortwährend den Kopf, nach unten und oben, nach rechts und links, bewegte die Füßchen ... dann plötzlich flog es von der Wand ab, flog summend durchs Zimmer – setzte sich von neuem und machte wieder seine häßlichen, widerwärtigen Bewegungen, ohne sich von der Stelle zu rühren.

In uns allen erregte es Abscheu, Schrecken, ja sogar Furcht ... Niemand von uns hatte bisher etwas Ähnliches gesehen, alle schrien: »Jagt doch dies Ungeziefer hinaus!« – alle schwenkten von weitem ihre Taschentücher ... aber keiner wagte heranzukommen ... und sooft das Insekt aufflog, wich alles unwillkürlich zurück.

Nur einer aus dem Kreise, ein noch junger, blaß aussehender Mann, blickte auf uns übrige mit unverhohlenem Erstaunen. – Er zuckte die Achseln, lächelte und konnte durchaus nicht begreifen, was mit uns vorging und weshalb wir so aufgeregt seien. Er selbst konnte überhaupt kein Insekt wahrnehmen – hörte nicht das unheimliche Schwirren seiner Flügel.

Plötzlich richtete sich das Insekt gerade auf ihn hin, flog auf, preßte sich an seinen Kopf und stach ihn dicht über den Augen in die Stirn ... Der junge Mann stieß einen schwachen Schrei aus – und brach tot zusammen.

Die entsetzliche Fliege flog unmittelbar darauf hinaus ... Da erst errieten wir, was dies für ein Gast gewesen war.

Die Kohlsuppe

Einer alten Witwe war ihr einziger, zwanzigjähriger Sohn gestorben, der beste Arbeiter im Dorfe. Die Gutsherrin, die Besitzerin dieses Dorfes, hörte vom Kummer der alten Frau und machte sich am Tage der Beerdigung auf, um sie zu besuchen.

Sie fand sie zu Hause.

Mitten in der Stube vor dem Tische stehend, schöpfte sie mit langsamer, mechanischer Bewegung mit der rechten Hand (die linke hing schlaff herab) dünne Kohlsuppe aus einem rauchgeschwärzten Topfe und schluckte einen Löffel nach dem andern davon hinunter.

Das Gesicht der Alten war abgehärmt und trübe; die Augen rot und verschwollen ... aber sie hielt sich gerade und aufrecht, wie in der Kirche.

Herr des Himmels! dachte die gnädige Frau bei sich, in solchem Augenblick bekommt die es fertig zu essen ... was haben doch all diese Leute für ein rohes Gefühl!

Und hierbei erinnerte sich die gnädige Frau, wie sie selbst vor einigen Jahren nach dem Verlust eines neun Monate alten Töchterchens vor lauter Kummer darauf verzichtet hatte, ein prächtiges Landhaus in der Nähe von Petersburg zu mieten – und den ganzen Sommer in der Stadt zugebracht hatte! – Die Alte dagegen löffelte weiter an ihrer Kohlsuppe.

Endlich verlor die gnädige Frau die Geduld. – »Tatjana!« rief sie aus ... »Das ist unerhört! – Ich fasse es nicht! Hast du denn deinen Sohn gar nicht geliebt? Hast du denn nicht einmal den Appetit verloren? – Wie kannst du bloß jetzt diese Kohlsuppe essen!«

»Mein Wassja ist tot,« erwiderte leise die Alte – und von neuem rollten bittere Tränen über ihre eingefallenen Wangen. »Nun ist es auch mit mir bald zu Ende: bei lebendigem Leibe hat man mir den Kopf abgerissen. Darum kann ich aber doch die Kohlsuppe nicht umkommen lassen: sie ist ja gesalzen.«

Die gnädige Frau zuckte bloß mit den Achseln und entfernte sich. Für sie war das Salz billig.

Die Gefilde der Seligen

O Gefilde der Seligen! O Gefilde der Himmelsbläue, des Lichtes, der Jugend und des Glücks! Ich habe euch geschaut ... im Traume.

Wir saßen zu mehreren in einem schönen, reichgeschmückten Nachen. Einer Schwanenbrust gleich schwoll das weiße Segel unter den spielenden Wimpeln.

Ich wußte nicht, wer meine Gefährten waren; allein, ich fühlte mit ganzem Herzen, daß sie ebenso jung, so froh und glücklich seien wie ich!

Ja, ich beachtete sie kaum. Ich sah rings nur ein uferloses, azurblaues Meer, dessen zitternder Spiegel wie mit goldigen Schuppen bedeckt war – und zu Häupten ein gleiches uferloses, gleich azurblaues Meer, – und darüberhin zog im Triumphe und gleichsam lächelnd die freundliche, heitere Sonne.

Von Zeit zu Zeit erscholl aus unserer Mitte ein lautes,

fröhliches Lachen – wie das Lachen der Götter!

Dann auf einmal ertönten aus jemandes Munde Worte, Verse von wunderbarer Schönheit und begeisternder Kraft ... es schien, als ob der Himmel selber deren Echo widerhalle und rings das Meer mitempfindend erzittere ... Und dann wieder herrschte selige Stille.

Leicht in die weichen Wellen tauchend, glitt unser Nachen rasch dahin. Kein Lufthauch trieb ihn; ihn lenkten unsere eigenen freudig pochenden Herzen. Wohin wir begehrten, dahin schwamm er, folgsam, gleich als wäre er beseelt.

Inseln, zauberische, halbdurchsichtige Inseln, im Schimmer von kostbaren Edelsteinen, Rubinen und Smaragden, zogen an uns vorüber. Aus den sanft geschwungenen Ufern strömten berauschende Wohlgerüche; einzelne dieser Inseln überschütteten uns mit einem Blütenregen weißer Rosen und Maiglöckchen; von anderen flogen unvermutet regenbogenfarbige, langgefiederte Vögel empor. Und die Vögel kreisten hoch über uns, die Maiglöckchen und Rosen zertauten in den Schaumperlen, die längs der glatten Wandung unseres Nachens dahinschwammen. Zugleich mit den Blumen und den Vögeln schwebten süße, süße Töne herüber ... Mädchenstimmen schienen darein verwoben ... Und alles ringsumher: der Himmel, das Meer, das Rauschen des Segels über uns, das Gemurmel der Strömung hinter dem Nachen – alles redete von Liebe, von seliger Liebe!

Und sie, die ein jeder von Herzen liebte – sie war da ... unsichtbar, doch nahe. Einen Augenblick nur – und ihre Augen erglänzen, es strahlt ihr Lächeln ... Ihre Hand schließt sich in deine Hand und zieht dich mit sich in ein unverwelkliches Paradies!

O Gefilde der Seligen! Ich habe euch im Traume geschaut.

Zwei Reiche

Wenn man in meinem Beisein das Lob des reichen Rothschild singt, weil er ganze Tausende seines ungeheuren Einkommens für Erziehung von Kindern, für Heilung von Kranken und Unterhalt von Greisen spendet – dann erregt dies meinen Beifall und rührt mich.

Indessen vermag ich bei allem Beifall und aller Rührung doch die Erinnerung an eine arme Bauernfamilie nicht zu unterdrücken, welche eine kleine verwaiste Nichte unter ihr elendes Dach aufnahm.

»Nehmen wir Katja zu uns,« meinte die alte Frau, »dann geht unser letzter Groschen drauf – dann langts nicht mehr zum Salz für die Suppe ...«

»Nun ... dann essen wir sie eben ungesalzen,« gab ihr der Bauer, ihr Mann, zur Antwort.

Ein weiter Weg von Rothschild bis zu diesem Bauern!

Der Greis

Trübe, schwere Tage sind gekommen ...

Eigene Leiden, Siechtum deiner Freunde, Kälte und Finsternis des Alters. Alles, was du geliebt, woran du mit ganzem Herzen gehangen – welkt und schwindet dahin. Der Pfad senkt sich bergab.

Was nun? Sollst du wehklagen? Dich härmen? Nein, damit

dienst du weder dir selbst, noch den anderen ... Wohl wird das Laub auf dem verdorrenden, sich krümmenden Baume immer dürftiger und seltener, – aber grün ist auch dieses noch.

So verschließe denn auch du dich in dein eigenes Selbst, weile bei deinen Erinnerungen, und dort, tief, tief unten auf dem Grunde deiner innersten Seele, wird dein vergangenes, dir allein zugängliches Leben in all seinem duftigen, immer noch frischen Grün und seiner quellenden Frühlingspracht vor dir erglänzen.

Aber hüte dich ... schaue nicht vor dich, armer Greis!

Der Berichterstatter

Zwei Freunde sitzen am Tisch und trinken Tee. Mit einemmal erhebt sich auf der Straße ein großer Lärm. Man hört klägliches Stöhnen, zornige Verwünschungen und schadenfrohe Lachsalven.

»Da prügeln sie jemand,« sagte einer der Freunde, indem er zum Fenster hinausblickte.

»Wohl einen Verbrecher? Einen Mörder?« fragte der andere. »Höre mal, wer es auch sein mag, wir dürfen solch willkürliches Rechtsverfahren nicht zulassen. Komm, wir wollen ihm beistehen.«

»Ein Mörder ist's aber nicht, den sie da prügeln.«

»Kein Mörder? Also ein Dieb? Das bleibt sich gleich, komm, wir wollen ihn dem Pöbelhaufen entreißen.«

»Es ist auch kein Dieb.«

»Kein Dieb? Dann also ein Kassierer, ein Eisenbahnunternehmer, ein Armeelieferant, ein russischer Mäzen, ein Advokat, ein gesinnungstüchtiger Redakteur, ein öffentlicher Wohltäter?... Gleichviel, komm und laß uns ihm helfen!«

»Weit gefehlt ... sie prügeln einen Berichterstatter.«

»Einen Berichterstatter? – Na, weißt du was: dann wollen wir erst ruhig unsern Tee austrinken.«

Zwei Brüder

Ich hatte eine Vision ...

Es erschienen vor mir zwei Engel ... zwei Genien. Ich sage: Engel ... Genien – weil kein Gewand ihren nackten Körper verhüllte und beide an den Schultern mächtige, lange Flügel besaßen.

Beide waren Jünglinge. Der eine hatte einen üppigen Wuchs, eine zarte Haut und schwarzlockiges Haar. Seine Augen waren braun, feurig und von dichten Wimpern beschattet; sein Blick einschmeichelnd, heiter und verlangend. Bezaubernd und verführerisch war sein Antlitz, mit einem Anflug von Verwegenheit und Tücke. Ein leises Zucken spielte um die vollen, rosigen Lippen. Der Jüngling lächelte, wie im Gefühl überlegener Macht – selbstbewußt und doch nachlässig; ein herrlicher Blumenkranz schmiegte sich sanft um seine glänzenden Locken, so daß er die sammetgleichen Brauen fast berührte. Ein scheckiges

49

Leopardenfell, von einem goldenen Pfeil zusammengehalten, hing leicht von der rundlichen Schulter bis auf die schwellende Hüfte herab. Das Gefieder seiner Schwingen spielte in den Farben der Rose; ihre Spitzen waren leuchtend rot, gleich als wären sie in purpurnes, frisches Blut getaucht. Von Zeit zu Zeit durchflog sie ein leichtes Zittern, begleitet von einem angenehmen, silberhellen Rauschen, dem Rauschen eines Frühlingsregens.

Der andere Jüngling war hager und von gelblicher Hautfarbe. Bei jedem Atemzug wurden seine Rippen in leichten Umrissen sichtbar. Sein Haar war fahl, dünn und schlicht; die Augen übergroß, rund und blaßgrau ... der unheimlich glänzende Blick verriet Unruhe. Alle Gesichtszüge hatten etwas Scharfes; der kleine, halbgeöffnete Mund wies Fischzähne auf; die Adlernase war schmal, das Kinn vorspringend und mit weißlichem Flaum bedeckt. Über diese welken Lippen ist noch nie, niemals ein Lächeln geflogen. Das war ein starres, furchtbares, mitleidsloses Antlitz! (Auch das Antlitz jenes anderen, schönen Jünglings – obwohl liebreizend und sanft – war ohne jeden Zug von Mitleid.) Um das Haupt dieses zweiten schlangen sich einige taube, zerknickte Ähren, von einem verwelkten Hälmchen durchflochten. Ein grober grauer Schurz wand sich um seine Lenden; die Flügel auf seinem Rücken, tiefblau und glanzlos, bewegten sich langsam und drohend.

Beide Jünglinge schienen unzertrennliche Gefährten zu sein.

Sie lehnten sich Schulter an Schulter. Die kleine weiche Hand des ersten ruhte wie eine Weintraube auf der mageren Achsel des anderen; die schmale Hand dieses anderen wand sich mit ihren langen, dürren Fingern wie eine Schlange um die fast weibliche Brust des ersten.

Und ich vernahm eine Stimme. Sie sprach also:

»Vor dir stehen Liebe und Hunger – zwei leibliche Brüder, die zwei Grundpfeiler allen Lebens.

»Alles, was da lebt, regt sich, um sich zu nähren, nährt sich, um sich fortzupflanzen.

»Liebe und Hunger – ihr Ziel ist das gleiche: zu wirken, damit das Leben nicht versiege – das eigene wie das fremde, – ja, das gesamte Leben.«

Dem Andenken an Fräulein J. P. Wrewskaja

Im Schmutz, auf übelriechendem, fauligem Stroh, unter dem Dach eines baufälligen Schuppens, der in notdürftiger Hast inmitten eines verwüsteten bulgarischen Dörfchens zu einem Feldlazarett hergerichtet worden war – erlag sie in zwei langen Wochen dem Typhus. Sie war völlig bewußtlos – und nicht ein einziger Arzt sah nach ihr; die kranken Soldaten, die sie gepflegt hatte, solange sie sich auf den Füßen hatte halten können – erhoben sich der Reihe nach von ihrer verseuchten Lagerstatt, um in der Scherbe eines zerschlagenen Kruges einige Tropfen Wasser an ihre brennenden Lippen zu bringen.

Sie war jung und schön; die vornehme Welt stand ihr offen; selbst die höchsten Würdenträger wandten ihr ihre Aufmerksamkeit zu. Die Frauen beneideten sie, die Männer machten ihr den Hof ... zwei oder drei von diesen waren in geheimer, tiefer Liebe zu ihr entbrannt. Das Leben lächelte ihr; doch es gibt ein Lächeln, das schlimmer ist als Tränen.

Sie hatte ein Herz voll Sanftheit und Güte ... dabei aber

von einer Kraft, einer Opferfreudigkeit! – Den Bedrängten Hilfe zu leisten ... ein anderes Glück kannte sie nicht ... kannte sie nicht – und lernte sie nicht kennen. Alles andere Glück ging an ihr vorüber. Doch darein hatte sie sich längst ergeben – und mit dem heiligen Feuer unerschütterlichen Glaubens weihte sie sich dem Dienste ihrer Mitmenschen. Welche unvergänglichen Schätze sie dort im geheimsten, tiefsten Grunde ihrer Seele bewahrte, das hat niemand je gewußt – und kann jetzt freilich niemand mehr erfahren.

Wozu auch? Das Opfer ist gebracht ... das Werk ist vollendet.

Allein, es ist schmerzlich, denken zu müssen, daß niemand wenigstens ihrer sterblichen Hülle Dank sagte, obschon sie selbst in edler Scham sich jeder Dankesbezeugung entzog.

Möge ihr teurer Schatten mir nicht zürnen, wenn ich dieses kleine, verspätete Blümlein auf ihr Grab zu legen wage!

Der Egoist

Er besaß alle erforderlichen Eigenschaften, um die Geißel seiner Familie zu werden.

Von klein auf gesund und reich – und gesund und reich sein ganzes langes Leben hindurch, beging er nie einen einzigen Fehltritt, verfiel nie in einen Irrtum, versprach und versah sich nicht ein einziges Mal.

Er war ein tadelloser Ehrenmann!... Und stolz im Bewußtsein seiner Ehrenhaftigkeit, knechtete er damit alle seine Angehörigen, seine Freunde, seine Bekannten. Seine Ehrenhaftigkeit war ihm ein Kapital ... und er nahm Wucherzinsen davon.

Seine Ehrenhaftigkeit gab ihm das Recht, erbarmungslos zu sein und nie aus freien Stücken Gutes zu tun; – und darum war er erbarmungslos – und tat nie Gutes ... denn das Gute auf Befehl – ist nicht das Gute. Niemals kümmerte er sich um jemand anders als um seine eigene, so überaus musterhafte Person und war innerlich empört, wenn die anderen sich nicht ebenso eifrig um diese bekümmerten.

Und bei alledem hielt er sich nicht für einen Egoisten – und verurteilte und verfolgte am allerschärfsten die Egoisten und den Egoismus! – Das wäre auch! Fremder Egoismus behinderte ja seinen eigenen!

Für seine Person sich nicht der geringsten Schwäche bewußt, begriff und duldete er solche auch nicht bei anderen. Er begriff überhaupt niemanden und nichts, denn überall, von allen Seiten, unten und oben, hinten und vorn war er von seinem eigenen Selbst eingeschlossen.

Er begriff nicht einmal, was Vergeben heißt. Sich selbst etwas zu vergeben, dazu bot sich ihm nie ein Anlaß ... Aus welchem Grunde sollte er dann den anderen vergeben?

Vor dem Richterstuhl seines eigenen Gewissens, vor dem Angesicht seiner eigenen Gottheit – da pflegte er, dieses Wunderwesen, dieser Ausbund von Tugend, die Augen gen Himmel zu erheben und mit fester und klarer Stimme auszusprechen: »Ja, ich bin ein würdiger, ein moralischer Mensch!«

Noch auf seinem Sterbelager wird er diese Worte wiederholen – und selbst dann wird nichts sich regen in seinem steinernen Herzen – in diesem Herzen ohne Makel und Fehl.

O Scheusal der selbstzufriedenen, unbeugsamen, wohlfeilen Tugend – schwerlich kannst du überboten werden von dem nackten Scheusal des Lasters!

Das Fest beim höchsten Wesen

Einstmals beschloß das höchste Wesen, in seinem azurblauen Himmelspalast ein Fest zu geben. Sämtliche Tugenden waren von ihm zu Gaste gebeten. Aber nur die weiblichen ... Herren waren nicht geladen ... bloß Damen.

Sie hatten sich sehr zahlreich eingefunden – die großen wie die kleinen. Die kleinen Tugenden waren ein wenig zuvorkommender und liebenswürdiger als die großen; doch schienen alle sehr befriedigt – und man unterhielt sich in der artigsten Weise, wie es sich für so nahe Verwandte und Bekannte eben schickt. Mit einem Male bemerkte das höchste Wesen zwei schöne Damen, die sich gegenseitig gar nicht zu kennen schienen.

Der Gastgeber nahm die eine dieser Damen bei der Hand und führte sie zu der anderen.

»Die Wohltätigkeit!« sprach er, auf die erste deutend. »Die Dankbarkeit!« fügte er hinzu und wies auf die zweite. Beide Tugenden gerieten in sprachloses Erstaunen: seitdem die Welt besteht – und sie besteht schon ziemlich lange –, begegneten sie sich zum erstenmal.

Die Sphinx

Gelblich grauer, oben lockerer, unten harter, knirschender Sand ... Sand ohne Ende, so weit das Auge reicht!

Und über dieser Sandwüste, über diesem Meer toten Staubes erhebt sich das gigantische Haupt einer ägyptischen Sphinx.

Was wollen sie sagen, diese mächtigen, wulstigen Lippen, diese starr-geschwellten, aufgeworfenen Nüstern – und diese Augen, diese länglichen, halb träumenden, halb wachen Augen unter dem Doppelbogen der hohen Brauen?

Gewiß, sie wollen etwas sagen! Sie reden sogar – doch nur ein Ödipus vermag ihr Rätsel zu lösen und ihre stumme Sprache zu verstehen.

Ha! Nun erkenne ich diese Züge ... jetzt haben sie nichts Ägyptisches mehr. Die weiße, niedrige Stirn, die vorspringenden Backenknochen, die kurze, gerade Nase, der hübsche Mund voll weißer Zähne, der weiche Schnurrbart nebst dem krausen Kinnbärtchen – und diese weit auseinanderstehenden kleinen Augen ... dazu das Haar, wie eine Mütze den Kopf bedeckend und in der Mitte gescheitelt ... Ei, das bist du ja, Karp, Sidor, Semjon, du Bäuerlein aus Jaroslaw, aus Rjäsan, mein Landsmann, ehrliche russische Haut! Seit wann bist du denn unter die Sphinxe geraten?

Oder willst du vielleicht auch etwas sagen? Ja; du bist freilich auch – eine Sphinx.

Auch deine Augen – diese farblosen, aber tiefen Augen reden ... Und auch ihre Sprache ist stumm und rätselvoll.

Wo aber ist dein Ödipus?

O Jammer! Die Bauernmütze sich aufzustülpen, ist leider nicht ausreichend, um dein Ödipus zu werden, o du allrussische Sphinx!

Die Nymphen

Ich stand vor einer herrlichen, im Halbkreis ausgebreiteten Gebirgskette; junger grüner Wald bedeckte sie vom Kamm bis zur Sohle.

Über ihr wölbte sich in durchsichtigem Blau der südliche Himmel; aus der Höhe sandte die Sonne ihre spielenden Strahlen herab; drunten, halb verborgen im Grase, murmelten flinke Bächlein.

Da erinnerte ich mich einer alten Sage von einem griechischen Schiffe, das im ersten Jahrhundert nach Christi Geburt einst über das Ägäische Meer fuhr.

Es war um die Mittagsstunde ... In ruhiger Glätte lag die See. Da ertönte mit einem Male hoch über dem Haupte des Steuermanns eine vernehmliche Stimme: »Wenn du dort an der Insel vorbeisegelst, dann lasse laut den Ruf erschallen: ›Der große Pan ist tot!‹«

Der Steuermann staunte ... und erschrak. Als aber das Schiff an der Insel vorbeifuhr, da gehorchte er und rief: »Der große Pan ist tot!«

Und sofort erschollen als Antwort auf seinen Ruf längs des ganzen Ufers (obwohl die Insel unbewohnt war) schmerzliche Seufzer, Stöhnen und langgezogene Klagelaute: »Tot, tot! Der große Pan ist tot!«

Diese Sage also war mir eingefallen ... und da kam mir der sonderbare Gedanke: »Wie, wenn nun auch ich jetzt diesen

Ruf erschallen ließe?«

Doch im Angesichte der rings mich umgebenden Lebenswonne widerstrebte es mir, an den Tod zu denken, und so rief ich denn mit aller Kraft: »Auferstanden, auferstanden ist der große Pan!«

Und sogleich, o Wunder! – erscholl als Antwort auf meinen Ruf längs des ganzen weiten Halbkreises grünender Berge ein fröhliches Lachen, ertönte freudiges Stimmengewirr und Händeklatschen. »Er ist auferstanden! Pan ist auferstanden!« riefen jugendliche Stimmen. – Plötzlich jubelte alles da drüben laut auf, heller als die Sonne in der Höhe und lustiger als das Spiel der Bächlein, die unterm Grase murmelten. Geräusch hurtiger, leichter Fußtritte wurde vernehmbar, durch das Waldesgrün schimmerte das marmorne Weiß wollener Gewänder und die lebensfrische Röte nackter Körper ... Nymphen waren es, Nymphen, Dryaden, Bacchantinnen, die von der Höhe ins Tal herniedereilten. Nun erschienen sie alle gleichzeitig am Waldessaum. Lockenhaar fließt um die göttlichen Häupter, edelgeformte Hände schwingen Kränze und Tamburins – und Lachen, freudiges, olympisches Lachen eilt und wogt mit ihnen heran ... Vor ihnen her schreitet eine Göttin. Sie ist größer und schöner als alle anderen, – ein Köcher hängt von den Schultern herab, in der Hand trägt sie einen Bogen, auf dem verschlungenen Lockenhaar schimmert eine silberne Mondsichel ...

Diana – bist du es?

Plötzlich aber macht die Göttin halt ... und gleichzeitig hielt die ganze ihr folgende Nymphenschar inne. Das helle Lachen erstarb. Ich sah, wie sich das Antlitz der plötzlich verstummten Göttin mit einer tödlichen Blässe bedeckte; ich sah, wie ihre Füße versteinerten, wie ihr Mund in unbeschreiblichem Entsetzen sich öffnete und ihre Augen, starr in die Ferne gerichtet, sich weit auftaten ... Was hatte sie gesehen? Wohin blickte sie?

Ich wandte mich nach der Richtung, nach der sie sah ... Am äußersten Saume des Himmels, hinter dem flachen Streif der Felder flammte wie ein feuriger Punkt das goldene Kreuz auf dem weißen Turm einer christlichen Kirche ... Dieses Kreuz hatte die Göttin erblickt. Hinter mir vernahm ich einen zitternden, langen Seufzer, dem Beben einer zerspringenden Saite gleich – und als ich mich wieder umwandte, waren die Nymphen spurlos verschwunden ... Der weit ausgedehnte Wald grünte wie zuvor, und nur hie und da, durch das dichte Gezweig hindurch, leuchtete auf und verschwand etwas Weißes. Waren es die Gewänder der Nymphen oder stieg Nebel vom Talgrund auf – ich weiß es nicht.

Wie schmerzlich aber empfand ich das Verschwinden der Göttinnen!

Freund und Feind

Ein zu lebenslänglichem Kerker Verurteilter entkam aus dem Gefängnis und stürzte in wilder Flucht einher. ... Die Verfolger waren ihm auf den Fersen.

Er rannte aus allen Kräften ... Schon begannen die Verfolger nachzulassen.

Da, mit einem Male hemmt ihn ein Fluß mit steilen Ufern – ein schmaler, aber tiefer Fluß ... Und er kann nicht schwimmen!

Von einem Ufer zum andern schwebt ein dünnes, angefaultes Brett. Schon hatte der Flüchtling den Fuß darauf gesetzt ... Der Zufall wollte nun, daß drüben am Flusse sein bester Freund, sowie sein erbittertster Feind standen.

Der Feind sagte nichts, sondern verschränkte bloß die Arme; der Freund dagegen schrie aus vollem Halse: »Um Gottes willen! Was tust du? Besinne dich, Wahnwitziger! Siehst du denn nicht, daß dieses Brett vollständig verfault ist?! – Es wird unter deiner Last brechen – und du kommst rettungslos um!«

»Es gibt aber doch keine andere Brücke ... und hörst du nicht die Verfolger?« stöhnte verzweifelt der Unglückliche und betrat das Brett.

»Das lasse ich nicht zu! ... Nein, ich lasse nicht zu, daß du zugrunde gehst!« schrie der eifrige Freund und riß dem Fliehenden das Brett unter den Füßen weg. – Der stürzte jäh in die reißenden Wellen hinab – und ertrank.

Der Feind lachte befriedigt auf – und ging von dannen; der Freund aber setzte sich ans Ufer und zerfloß in bitterlichen Tränen um seinen armen – armen Freund!

Sich selber jedoch die Schuld an dem Unfall beizumessen, das kam ihm gar nicht in den Sinn ... nicht einen Augenblick.

»Er hörte nicht auf mich! Hörte nicht!« schluchzte er trostlos.

»Aber wenn auch!« sagte er zum Schluß. »Er hätte ja doch sein ganzes Leben lang im schrecklichen Kerker schmachten müssen! Wenigstens leidet er jetzt nicht mehr! Jetzt ist ihm leichter! Gewiß hat das Schicksal es so gewollt! – Und trotzdem, wie schmerzlich, rein menschlich betrachtet!«

Und die gute Seele vergoß aufs neue bitterliche Tränen um den unglückseligen Freund.

Christus

Ich sah mich als Jüngling, fast noch als Knaben in einer niedrigen Dorfkirche. – Die Flämmchen der dünnen Wachskerzen glühten wie kleine rote Punkte vor den alten Heiligenbildern.

Ein kleiner regenbogenfarbiger Lichtschein umgab jedes einzelne Flämmchen. Es war düster und dämmerig in der Kirche ... Vor mir aber standen eine Menge Leute. Lauter schlichte, blonde Bauernköpfe. Von Zeit zu Zeit neigten sie sich, beugten sich herab und erhoben sich wieder gleich reifen Kornähren, wenn der sommerliche Wind wie eine sanfte Woge über sie hinstreicht. Mit einem Male kam jemand von hinten heran und trat neben mich.

Ich wandte mich nicht nach ihm um – aber ich fühlte sofort: dieser Mensch ist – Christus.

Rührung, Neugier und Angst bemächtigten sich meiner im selben Augenblick. Ich nahm mich zusammen ... und sah meinen Nachbar an.

Ein Gesicht wie das aller anderen – ein Gesicht, das allen Menschengesichtern gleicht. Die Augen blicken ein wenig aufwärts, andächtig und ruhig. Die Lippen sind geschlossen, aber nicht zusammengepreßt: die Oberlippe ruht gleichsam auf der unteren; der kurze Bart ist in der Mitte geteilt. Die Hände gefaltet und unbeweglich. Auch die Kleidung ist dieselbe wie bei allen übrigen.

»Wie kann das Christus sein!« dachte ich bei mir. »Solch einfacher, einfacher Mensch! Es ist unmöglich!«

Ich kehrte mich ab. Doch ich hatte kaum den Blick von diesem einfachen Menschen abgewandt, als mich wiederum das Gefühl überkam, als stünde wirklich Christus an meiner Seite.

Noch einmal nahm ich mich zusammen ... Und wieder erblickte ich dasselbe Antlitz, das allen Menschengesichtern gleicht, dieselben alltäglichen, wenn auch unbekannten Züge.

Da wurde es mir plötzlich schwer ums Herz – und ich kam zu mir. Nun begriff ich erst, daß gerade solch ein Antlitz – ein Antlitz, das allen Menschengesichtern gleicht – Christi Antlitz sei.

Der Stein

Saht ihr wohl schon einmal am Meeresufer einen alten grauen Stein, wenn an einem sonnigen Frühlingstage zur Flutzeit von allen Seiten die frischen Wellen gegen ihn anschlagen – anschlagen, ihn umspielen, umschmeicheln – und sein bemoostes Haupt mit einem Sprühregen glänzenden Perlenschaumes benetzen? Der Stein bleibt wohl derselbe Stein – aber auf seiner Oberfläche erscheinen leuchtende Farben.

Sie zeugen von jener fernen Zeit, da der geschmolzene Granit eben erst zu erstarren begann und noch ganz in feurigen Farben glühte.

So ward auch jüngst mein altes Herz von allen Seiten von jungen Frauenseelen bestürmt – und unter ihrer liebkosenden Berührung röteten sich seine seit langem verblaßten Farben, die Spuren ehemaligen Feuers!

Die Wellen sind wieder zurückgeströmt ... die Farben aber sind noch nicht verblichen – mag auch scharfer Wind sie trocknen.

Die Tauben

Ich stand auf dem Rücken eines sanft abfallenden Hügels; vor mir breitete sich schimmernd wie ein Meer von Gold und Silber ein reifes Roggenfeld aus. Keine Wellen aber glitten über dieses Meer; bewegungslos war die schwüle Luft: ein starkes Gewitter braute sich zusammen.

Um mich herum strahlte noch die Sonne heiß und trübe; aber dort, hinter dem Roggenfelde, gar nicht mehr fern, lastete eine schwarzblaue Wolkenwand wie eine gewaltige Masse auf dem ganzen Halbkreise des Horizontes.

Alles war verstummt ... alles war erstorben unter der unheildrohenden Glut der letzten Sonnenstrahlen. Nicht ein einziger Vogel war zu hören und zu sehen; sogar die Sperlinge hatten sich versteckt. Nur in der Nähe irgendwo raschelte und klatschte ein einsames großes Klettenblatt.

Wie stark der Wermut am Feldrain duftet! Ich schaute auf die blaue Wolkenmasse ... und unruhige Erregung bemächtigte sich meiner. Nur schnell, schnell! dachte ich bei mir, blitze, du goldene Schlange, grolle, Donner! rege dich, wälze dich heran, ströme herab, drohende Wolke, und löse diese beklemmende Dumpfheit!

Doch die Wolke rührte sich nicht. Wie zuvor lastete sie auf der schweigenden Erde ... und nur noch mächtiger ballte und verfinsterte sie sich.

Da mit einemmal erschien auf ihrem einfarbigen Blau ein schimmerndes Etwas in gleichmäßiger, schwimmender Bewegung; man konnte auf ein weißes Tüchlein raten oder auf eine Schneeflocke. Es war eine weiße Taube, die vom Dorfe herübergeflogen kam.

Sie flog, flog immer geradeaus, geradeaus ... und verschwand hinterm Walde.

Einige Augenblicke vergingen – immer noch herrschte dieselbe furchtbare Stille ... Doch sieh! Jetzt schimmern zwei Tüchlein, zwei Schneeflocken schweben zurück: in gleichmäßigem Fluge flattern zwei weiße Tauben heimwärts.

Und jetzt, endlich, brach der Sturm los – und der wilde Tanz begann!

Mit genauer Not erreichte ich das Haus. – Der Wind heult

63

und tobt wie ein Rasender, gleich zerrissenen Fetzen jagen die fahlroten, niederhängenden Wolken dahin, alles dreht sich wirbelnd, stiebt durcheinander, wie eine senkrechte Säule peitscht und stürzt wütender Platzregen herab, die Blitze blenden in grünlichem Feuer, wie Kanonenschüsse krachen die Donnerschläge in kurzen Pausen, es riecht nach Schwefel ... Aber unter dem vorspringenden Giebel, hart am Rande des Bodenfensters, sitzen dicht beisammen zwei Tauben – jene, welche nach ihrer Gefährtin ausgeflogen war – und die, welche sie heimgebracht und dadurch vielleicht gerettet hatte.

Beide haben sich dicht in ihr Flaumgefieder eingehüllt – und schmiegen sich Fittich an Fittich ...

Ihnen ist wohl! Und auch mir ist wohl, wie ich sie so betrachte ... Obgleich ich ganz allein bin ... allein wie immer.

Morgen! Morgen!

Wie leer und schal und wie nichtig ist doch fast jeder durchlebte Tag! Wie geringfügig die Spuren, die er hinterläßt! Wie gedankenlos-stumpf verrannen all die Stunden, eine nach der anderen!

Und dennoch klammert sich der Mensch ans Dasein; ihn dünkt das Leben ein Schatz, all seine Hoffnungen baut er darauf, er baut sie auf sich selbst, auf die Zukunft ... O, wieviel Glück erwartet er von der Zukunft!

Warum aber bildet er sich ein, daß die anderen, künftigen Tage dem ebenverflossenen nicht gleichen würden?

Doch das bildet er sich ja auch nicht ein. Ihm ist das Grübeln überhaupt zuwider – und er tut wohl daran.

»Ei, morgen, morgen!« – damit tröstet er sich, – so lange, bis ihn dieses Morgen ins Grab senkt.

Nun – und liegst du erst einmal im Grabe – dann hat dein Grübeln ganz von selbst ein Ende.

Die Natur

Mir träumte, ich träte in einen großen, unterirdischen Saal mit hohen Gewölben. Ein gewisses ebenso unterirdisches, gleichmäßiges Licht erfüllte den ganzen Raum.

Mitten im Saal saß ein majestätisches Weib in einem faltenreichen grünen Gewande. Das Haupt auf die Hand gestützt, schien sie in tiefes Nachdenken versunken.

Ich begriff sofort, daß dieses Weib – die Natur selbst war, – und wie plötzlicher kalter Hauch rannen Schauer der Ehrfurcht durch meine Seele.

Ich näherte mich dem sitzenden Weibe und neigte mich ehrerbietig: »O du unser aller gemeinsame Mutter!« rief ich aus. »Worüber sinnst du nach? Gelten deine Gedanken dem künftigen Schicksale der Menschheit? Oder der Frage, wie sie zur höchsten Vollkommenheit und Glückseligkeit gelangen könne?«

Langsam richtete das Weib ihre dunklen, strengen Augen auf mich. Ihre Lippen bewegten sich – und machtvoll erklang eine Stimme wie das Dröhnen des Eisens:

»Ich sinne darüber nach, wie den Beinmuskeln des Flohs eine größere Kraft gegeben werden könne, damit er sich besser vor seinen Feinden zu retten vermöchte. Das Gleichgewicht zwischen Angriff und Gegenwehr ist gestört ... Es muß wiederhergestellt werden.«

»Wie?« entgegnete ich stammelnd. »Daran denkst du? Sind denn aber nicht wir – wir Menschen, deine Lieblingskinder?«

Das Weib runzelte leicht die Brauen: »Alle Geschöpfe sind meine Kinder,« sprach sie; »ich sorge für sie alle ohne Unterschied – und ohne Unterschied vernichte ich sie alle.«

»Aber Güte ... Vernunft ... Gerechtigkeit ...« stammelte ich wiederum.

»Das sind Menschenworte,« dröhnte die eherne Stimme. »Ich kenne weder Gut noch Böse ... Vernunft ist mir nicht Gesetz – und was ist Gerechtigkeit? – Ich gab dir das Leben – ich werde es dir wieder nehmen und anderen Wesen geben, Würmern oder Menschen ... mir ist es einerlei ... Du aber wehre dich einstweilen – und laß mich in Ruhe!«

Ich wollte noch etwas erwidern ... doch da begann rings die Erde dumpf zu stöhnen und zu beben – und ich erwachte.

Hängt ihn!

»Das geschah im Jahre 1803,« begann mein alter Bekannter, »kurz vor Austerlitz. Das Regiment, in welchem ich als Offizier stand, hatte in Mähren Quartiere bezogen.

Es war uns streng verboten, die Bevölkerung zu beunruhigen und zu drangsalieren; sahen uns die Leute doch ohnehin mit scheelen Augen an, obgleich wir zu ihren Bundesgenossen zählten.

Ich hatte einen Burschen, einen ehemaligen Leibeigenen meiner Mutter, namens Jegor. Er war ein ehrlicher, stiller Mensch; ich kannte ihn von klein auf und behandelte ihn wie einen Freund.

Eines schönen Tages nun erhob sich in dem Hause, in dem ich wohnte, lautes Gezänke und Wehklagen: der Wirtin waren zwei Hühner gestohlen worden, und sie bezichtigte meinen Burschen dieses Diebstahls. Er beteuerte seine Unschuld und rief mich zum Zeugen an ... 'Er und stehlen, er, Jegor Awtamanow!' Ich suchte die Wirtin von Jegors Ehrlichkeit zu überzeugen, aber sie blieb taub gegen alles.

Mit einem Male scholl lautes Pferdegetrappel die Straße herauf: der Oberbefehlshaber in eigener Person kam mit seinem Stabe vorüber.

Er ritt im Schritt, eine dicke, massige Gestalt, mit gesenktem Kopfe und Epauletten, die bis auf die Brust herabhingen.

Kaum hatte ihn die Wirtin erblickt – als sie sich seinem Pferde entgegenwarf, auf die Knie fiel – und ganz außer sich, mit fliegenden Haaren, meinen Burschen laut anzuklagen begann, wobei sie mit der Hand auf ihn deutete.

'Herr General!' schrie sie, 'Eure Hoheit! Richten Sie! Helfen Sie! Retten Sie! Dieser Soldat hat mich bestohlen!' Jegor stand auf der Türschwelle, kerzengerade, die Mütze in der Hand, hatte sogar die Brust herausgedrückt und die Hacken aneinandergenommen wie eine Schildwache – und gab nicht einen Laut von sich! Mag sein, daß ihn der Anblick dieser ganzen, mitten auf der Straße haltenden Generalität aus der

Fassung brachte, daß er im Vorgefühl des über ihn hereinbrechenden Unheils zu Stein erstarrte – mein armer Jegor stand bloß da und blinzelte mit den Augen, im Gesicht aber fahl wie Tonerde.

Der Oberbefehlshaber warf einen zerstreuten, finsteren Blick auf ihn und brummte zornig: 'Nun?' ... Jegor steht da wie eine Bildsäule und zeigt grinsend seine Zähne! Ein Unbeteiligter hätte wirklich glauben können, der Kerl lache.

Da sprach der Oberbefehlshaber kurz und bündig: 'Hängt ihn!' gab seinem Pferde die Sporen und ritt weiter – zuerst wieder im Schritt – dann in scharfem Trabe. Der ganze Stab rasselte hinter ihm her; nur ein einzelner Adjutant wandte sich im Sattel um und warf Jegor einen flüchtigen Blick zu.

Den Befehl zu mißachten, war ganz unmöglich ... Jegor wurde sofort festgenommen und zur Exekution abgeführt. Da brach er völlig zusammen – und rief mit erstickter Stimme nur ein paarmal: 'Mein Gott! Mein Gott!' – dann halblaut: 'Gott droben weiß es, ich wars nicht!' Bitterlich weinte er, als er von mir Abschied nahm. Ich war in Verzweiflung. 'Jegor! Jegor!' schrie ich, 'warum hast du denn bloß dem General nicht geantwortet?' 'Gott droben weiß es, ich wars nicht,' wiederholte der Ärmste schluchzend. – Selbst die Wirtin war entsetzt. Solch fürchterlichen Ausgang hatte sie gar nicht für möglich gehalten, und nun fing auch sie zu heulen an! Alle und jeden flehte sie um Schonung an, versicherte, daß sich ihre Hühner gefunden hätten, daß sie bereit sei, alles aufzuklären ...

Natürlich war alles dies vollkommen fruchtlos. Im Kriege, mein lieber Herr, heißts eben Mannszucht! Disziplin! Die Wirtin heulte immer lauter und lauter. Als ihm der Geistliche bereits die Beichte abgenommen und das Abendmahl gereicht hatte, wandte sich Jegor zu mir: 'Sagen

Sie ihr, Euer Wohlgeboren, sie möchte sich nicht so grämen ... Ich habe ihr ja schon verziehen.'«

Als mein Bekannter diese letzten Worte seines Burschen wiederholt hatte, flüsterte er leise: »Jegoruschka, mein Täubchen, du brave Seele!« – und dabei rannen ihm die Tränen über die gefurchten Wangen.

Was ich wohl denken werde ...

Was ich wohl denken werde in dem Augenblicke, da die Sterbestunde schlägt – wenn ich dann überhaupt noch werde denken können?

Werde ich daran denken, wie schlecht ich mein Leben angewandt habe, wie ich es verschlief, verträumte, seine Gaben nicht zu genießen verstand?

»Wie? Ist das schon der Tod? So schnell? Unmöglich! Ich habe ja doch noch nichts leisten können ... Ich wollte ja eben erst an die Arbeit gehen!«

Werde ich an Vergangenes denken, im Geiste bei einigen wenigen köstlich durchlebten Augenblicken verweilen, bei teuren Bildern und Gestalten?

Werden meine bösen Taten in meiner Erinnerung wach werden – und wird meine Seele von dem brennenden Schmerz verspäteter Reue gequält werden? Werde ich daran denken, was jenseit des Grabes meiner wartet ... und wartet dort überhaupt etwas meiner?

Nein ... ich glaube, ich werde mich bemühen, gar nicht zu denken – und mich nach Möglichkeit mit irgendwelchen

Lappalien abgeben, bloß um meine Aufmerksamkeit von der drohenden Finsternis, die sich schwarz vor mir auftut, abzulenken.

Einst jammerte ein Sterbender mir unausgesetzt vor, daß man ihm keine Nüsse zu essen geben wolle ... und nur dort, in der Tiefe seiner verlöschenden Augen zuckte und zitterte etwas wie die gebrochene Schwinge eines zu Tode verwundeten Vogels.

Wie frisch und duftig waren doch die Rosen ...

Vor langer, langer Zeit las ich einmal irgendwo ein Gedicht. Ich vergaß es bald wieder ... die erste Zeile aber blieb mir im Gedächtnis:

»Wie frisch und duftig waren doch die Rosen ...«

Winter ist es jetzt; der Frost hat die Fensterscheiben dick bereift; im dunklen Zimmer brennt ein einziges Licht. Ich sitze da, in einen Winkel gedrückt; in meinem Kopfe aber klingt es und klingt immerzu:

»Wie frisch und duftig waren doch die Rosen ...«

Und ich sehe mich vor dem niedrigen Fenster eines russischen Landhauses stehen. Sanft neigt sich der Sommerabend und wandelt sich zur Nacht, die laue Luft duftet nach Reseda und Lindenblüten; – am Fenster aber sitzt, mit geradeaufgestütztem Arm und den Kopf zur Schulter geneigt, ein Mädchen – und blickt schweigend und unverwandt zum Himmel auf, wie um das Aufleuchten der ersten Sterne zu erwarten. Wie treuherzig andachtsvoll sind diese sinnenden Augen, wie rührend unschuldig diese fragend geöffneten Lippen, wie ruhig atmet diese erst im Erblühen begriffene, noch völlig leidenschaftslose Brust, wie rein und zart sind die Züge dieses jugendlichen Antlitzes! Kein Wörtchen wage ich an sie zu richten, aber wie teuer sie mir ist, wie mein Herz pocht!

»Wie frisch und duftig waren doch die Rosen ...«

Immer dunkler und dunkler wirds im Zimmer ... Das herabgebrannte Licht knistert, flüchtige Schatten schwanken an der niedrigen Decke, draußen heult und knirscht der Frost um die Mauer – und mir ist, als vernähme ich grämliches, greisenhaftes Geflüster ...

»Wie frisch und duftig waren doch die Rosen ...«

Andere Bilder steigen vor mir auf ... Ich höre den fröhlichen Lärm ländlichen Familienlebens. Zwei Blondköpfchen, eins an das andere geschmiegt, schauen mich mit ihren hellen Äuglein munter an, die frischroten Wangen zittern in verhaltenem Lachen, die Hände haben sich innig verschlungen, klare, jugendliche Stimmen schallen lebhaft durcheinander; und weiter drinnen, im Hintergrunde des traulichen Zimmers, gleiten andere, ebenso jugendliche Hände mit behenden Fingern über die Tasten eines altväterischen Pianinos, und der Lannersche Walzer vermag das Summen des patriarchalischen Samowars nicht zu übertönen ...

»Wie frisch und duftig waren doch die Rosen ...«

Das Licht wird trübe und verlischt ... Wer hustet da so heiser und matt? Zu meinen Füßen liegt, fest zusammengekauert, in unruhigem Schlafe mein alter Hund, mein einziger Gefährte ... Mich friert ... Eisig durchbebt es mich ... und sie alle starben ... starben dahin ...

»Wie frisch und duftig waren doch die Rosen ...«

Eine Seefahrt

Ich fuhr auf einem kleinen Dampfer von Hamburg nach London. Wir waren unser zwei Passagiere: ich und ein kleiner Affe, ein Weibchen von der Gattung der Seidenaffen, welches ein Hamburger Kaufmann seinem englischen Geschäftsfreunde als Geschenk sandte.

Das Tierchen war mit einer dünnen Kette an eine Bank auf dem Deck angebunden, zerrte daran und piepte kläglich wie ein Vogel.

Jedesmal, wenn ich an ihm vorbeiging, streckte es mir sein schwarzes, kaltes Händchen hin und richtete seine traurigen, beinahe menschlichen Augen auf mich. – Ich erfaßte seine Hand – und da hörte es auf zu piepen und zu zerren.

Es herrschte vollkommene Windstille. Rings breitete sich das Meer wie ein unbewegliches, bleigraues, glattes Tafeltuch aus. Nur wenig war davon sichtbar; ein Nebel lag darüber, so dicht, daß er die äußersten Mastspitzen verhüllte und den Blick durch seinen weichen Schleier stumpf und müde machte. Die Sonne hing wie eine trübrote Scheibe in diesem Dunst; gegen Abend aber flammte sie auf und glühte in einem geheimnisvollen, seltsamen Rot.

Lange, gerade Falten, den Falten schwerer Seidenstoffe vergleichbar, glitten eine nach der anderen vom Bug des Schiffes abwärts, kräuselten sich und wurden immer breiter und breiter, glätteten sich endlich, wippten und verschwanden. Zerschlagener Schaum schwoll unter den gleichmäßig stampfenden Schaufelrädern empor; milchweiß und leise zischend zerfloß er zu Schlangenstreifen, floß dann hinten wieder zusammen und verschwand ebenfalls, vom Nebel verschlungen.

Unausgesetzt und ebenso kläglich wie das Gewimmer des Affen bimmelte die kleine Schiffsglocke am Steuer. Ab und zu tauchte ein Seehund auf – um gleich wieder kopfüber unter der leichtbewegten Wasserfläche zu verschwinden. Der Kapitän, ein schweigsamer Mann mit einem sonnenverbrannten, mürrischen Gesichte, rauchte seine kurze Pfeife und spuckte verdrießlich in die bewegungslose Flut. Auf all meine Fragen antwortete er nur mit einem kurzen Gebrumm; mir blieb also nichts übrig, als mich wieder meinem einzigen Reisegefährten zuzuwenden – dem Affen.

Ich setzte mich neben ihn; er hörte auf zu wimmern und streckte mir aufs neue seine Hand hin.

Feucht und einschläfernd umhüllte uns beide der beständige Nebel; und in gleiches, gedankenloses Brüten versunken saßen wir eins neben dem andern, wie zwei Verwandte.

Jetzt lächele ich wohl darüber ... damals aber empfand ich anders.

Wir alle sind Kinder einer Mutter – und es tat mir wohl, daß das arme Tierchen sich so vertrauensvoll beruhigte und sich an mich schmiegte, wie an einen Verwandten.

N. N.

Harmonisch und ruhig wandelst du den Weg durchs Leben, ohne Tränen und ohne Lächeln, kaum durch eine gleichgültige Anteilnahme belebt.

Du bist gut und bist klug ... und doch ist dir alles fremd – und du brauchst niemanden.

Du bist schön – und doch vermag niemand zu sagen, ob du Wert auf deine Schönheit legst oder nicht. – Selbst bist du teilnahmlos – und verlangst keine Teilnahme.

Dein Blick ist tief – und doch nicht gedankenvoll; leer ist es in dieser lichten Tiefe.

So wandeln in den elysischen Gefilden, bei den erhabenen Klängen Gluckscher Melodien, leidlos und freudlos harmonische Schatten.

Halt inne!

Halt inne! So wie ich dich jetzt sehe – so bleib für immer in meinem Gedächtnis!

Von deinen Lippen schwang sich der letzte, begeisterte Ton – deine Augen glänzen nicht und strahlen nicht – sie verdunkeln sich, überwältigt von Glück, vom seligen Bewußtsein jener Schönheit, die es dir gelang zu verkünden, jener Schönheit, nach der du deine triumphierenden, deine ermatteten Arme ausstreckst!

Welch ein Licht, zarter und reiner als Sonnenlicht, fließt um deine ganze Gestalt, um die kleinsten Falten deines Gewandes?

Welcher Gott hat mit liebkosendem Hauch deine entfesselten Locken zurückgeweht?

Sein Kuß flammt auf deiner weißen, marmorgleichen Stirn. Da ist es – das offenbarte Geheimnis, das Geheimnis der Poesie, des Lebens, der Liebe! Da ist sie, da ist sie, die Unsterblichkeit! Eine andere Unsterblichkeit gibt es nicht – und braucht es nicht zu geben. – In diesem Augenblick bist du unsterblich. Er wird schwinden – und dann bist du wieder ein Häufchen Asche, ein Weib, ein Kind ... Doch was liegt dir daran! – In diesem Augenblick – standest du höher, standest über allem Vergänglichen und Zeitlichen. – Dieser dein Augenblick bleibt unvergänglich. Halt inne! Und laß mich teilhaben an deiner Unsterblichkeit, laß in meine Seele einen Abglanz deiner Ewigkeit strahlen!

Der Mönch

Ich kannte einen Mönch, einen Einsiedler, einen Heiligen. Er lebte nur in der Wonne des Gebets – und in diesem seligen Rausche stand er so lange auf den kalten Steinfliesen der Kirche, bis ihm seine Füße unterhalb der Knie anschwollen und wie zu Säulen erstarrten. Er fühlte sie nicht mehr, stand da – und betete.

Ich verstand ihn – vielleicht beneidete ich ihn auch – aber auch er soll mich verstehen und mich nicht verurteilen – mich, dem seine Freuden unzugänglich sind.

Ihm ist es gelungen, sich selbst, sein verhaßtes Ich zu vernichten; doch wenn ich auch nicht zu beten vermag, so ists doch nicht Eigenliebe, die mich davon abhält.

Mein Ich ist mir vielleicht noch beschwerlicher und verhaßter, als ihm – das seine.

Er fand ein Mittel, sich selbst vergessen zu können ... aber auch ich finde ein solches, wenn auch kein dauerndes. Er lügt nicht ... aber auch ich lüge ja nicht.

Noch wollen wir kämpfen!

Welch geringfügige Kleinigkeit vermag doch zuweilen einen Menschen völlig umzustimmen!

Tief in Gedanken verloren ging ich einst auf der Landstraße.

Drückende Ahnungen lasteten auf meiner Brust; Mutlosigkeit hatte sich meiner bemächtigt.

Ich erhob den Kopf ... Vor mir, zwischen zwei Reihen hoher Pappeln, lief der Weg schnurgerade in die Ferne. Und darüberhin, über ebendiesen Weg, etwa zehn Schritt vor mir, von der hellen Sommersonne goldig umstrahlt, hüpfte im Gänsemarsch eine ganze Spatzenfamilie, so recht keck, vergnügt und unbesorgt!

Besonders einer von der Schar plumpste mit so verwegenen Quersprüngen einher, blähte sein Kröpfchen und zwitscherte so frech, gerade als schere er sich um keinen Teufel! Ein Held – Zoll für Zoll!

Und unterdessen kreiste hoch am Himmel ein Habicht, der vielleicht gerade die Bestimmung hatte, diesen Helden aufzufressen.

Ich sah mir das an, schüttelte mich vor Lachen – und augenblicklich waren die trüben Gedanken verflogen: ich fühlte wieder Mut, Widerstandskraft und Lebenslust.

Mag doch auch über meinem Haupte ein Habicht kreisen ...

– Noch wollen wir kämpfen, Teufel auch!

Das Gebet

Um was der Mensch auch immer beten mag – er betet um ein Wunder. Jedes Gebet läuft schließlich darauf hinaus: »Großer Gott, gib, daß zwei mal zwei – nicht vier sei.«

Nur ein solches Gebet ist das wahre Gebet von Angesicht zu Angesicht. Zu einem Weltgeist, zum höchsten Wesen, zum Kantschen, Hegelschen abstrakten, wesenlosen Gotte beten – ist unmöglich und undenkbar. Aber kann denn ein persönlicher, lebendiger, leibhaftiger Gott auch wirklich machen, daß zwei mal zwei – nicht vier sei?

Jeder Gläubige ist verpflichtet zu antworten: »Ja, er kann es« – und ist verpflichtet, in sich selber diese Überzeugung zu festigen.

Wenn sich nun aber sein Verstand gegen solche Unvernunft auflehnt?

Hier kommt ihm dann Shakespeare zu Hilfe: »Es gibt mehr Ding' im Himmel und auf Erden, Freund Horatio ...« usw.

Will man ihm aber im Namen der Wahrheit widersprechen – dann hat er bloß die berühmte Frage zu wiederholen:

»Was ist Wahrheit?«

Und darum: laßt uns trinken und fröhlich sein – und beten.

Die russische Sprache

In Tagen des Zweifels, in Tagen drückender Sorge um das Schicksal meines Heimatlandes – bist du allein mir Halt und Stütze, o du große, mächtige, wahrhaftige und freie russische Sprache! – Wenn du nicht wärst – müßte man da nicht verzweifeln angesichts alles dessen, was sich daheim vollzieht? – Undenkbar aber ist es, daß eine solche Sprache nicht auch einem großen Volke sollte gegeben sein!

Inhalt

80

Druck von Bernhard
Tauchnitz in Leipzig

www.ingramcontent.com/pod-product-compliance
Lightning Source LLC
Chambersburg PA
CBHW030009030726
47499CB00008B/2964